Patrick Jacquemin

Der Duft von Gras nach dem Regen

Roman

Aus dem Französischen von
Anne Braun

HarperCollins

HarperCollins®

FSC
MIX
Papier
FSC® C014496

1. Auflage: Mai 2019
Deutsche Erstausgabe

Originaltitel: »L'odeur de l'herbe après la pluie«
erschienen bei: Éditions Robert Laffont, Paris

Umschlaggestaltung: bürosüd, München
Umschlagabbildung: www.buerosued.de, shutterstock / Ludmila
Marchenko, GW3ND0LIN
Lektorat: Anne Schünemann
Satz: GGP Media GmbH, Pößneck
Printed in Germany
Dieses Buch wurde auf FSC®-zertifiziertem Papier gedruckt.
ISBN 978-3-95967-279-5

www.harpercollins.de

I

1

Alles kippte an einem Sonntag im Juni, während eines Essens bei den Vergnes.

Annabelle wurde den anderen Gästen als der neue Star der Finanzwelt vorgestellt. Der Erfolg ihres Unternehmens, einer Bank, die mit spekulativen Finanzprodukten handelte, machte Schlagzeilen. Bald würde ihr Europa zu Füßen liegen …

Sie erntete bewundernde Blicke. Alle beneideten sie um ihren Erfolg, der sie aller finanziellen Sorgen enthob. Sie stellten ihr Fragen zu ihrer Strategie, der Rentabilität, den Konkurrenten, ihrem Management, ihren Dienstreisen … Annabelle stand im Mittelpunkt der Aufmerksamkeit.

Nachdem dieses Thema ausgiebig diskutiert worden

war, ging das Tischgespräch über zu Familie, Kindern, Urlaub, Hobbys … Lebhafte Unterhaltungen kamen in Gang, je nach den jeweiligen Interessen bildeten sich Grüppchen, und Annabelle hatte das Gefühl, auf einen Schlag Luft geworden zu sein. Sie versuchte vergebens, sich einzubringen, von der letzten Dummheit ihrer Tochter zu erzählen oder etwas zu einer anstehenden Veranstaltung beizusteuern, doch sie musste sich eingestehen: Sie hatte nichts zu sagen.

Seit ihrer Scheidung ging Annabelle privaten Einladungen meist aus dem Weg. Sie wollte nicht, dass alle, wie an diesem Mittag, merkten, dass sie eigentlich kein Privatleben hatte. Ihr waren nüchterne Empfänge bei Weitem lieber, Cocktailpartys, Preisverleihungen oder große geschäftliche und politische Tischgesellschaften. Dort kam wenigstens keiner auf die Idee, über Gefühle zu reden.

Schon seit zwei Jahren waren François und sie getrennt. Er hatte ihre berufliche Besessenheit nicht mehr ertragen. Seither teilten sie sich das Sorgerecht für Léna, ihre achtjährige Tochter, die an diesem Sonntag und für die ganze nächste Woche bei ihrem Vater sein würde. Und wie jedes Mal, wenn Annabelle sich von ihrer Kleinen trennen musste, fehlte sie ihr.

»Noch etwas Fisch, Annabelle?«, fragte Béatrice.

Sie kehrte ins Hier und Jetzt zurück. Um sie herum herrschte eine fröhliche Stimmung.

»Gern.«

»Wohin fährst du in den Urlaub? Das hast du uns noch nicht verraten.«

Alle Blicke wandten sich ihr zu.

»Ähm, also … ich habe noch keine konkreten Pläne.«

»Falls du im August mit Léna in der Nähe von Albi bist, komm uns doch besuchen. Wir haben zu mehreren ein Haus gemietet, zusammen mit Manu, Victoria und den Racines.«

»Es gibt sogar einen Pool«, steuerte Manu lächelnd bei.

Und ich, dachte Annabelle, ich werde als Single und einzige Tochter vermutlich wieder mal bei meinen Eltern landen und von meiner Arbeit erzählen.

Béatrice lehnte sich zu ihr und fragte leise: »Und sonst? Hast du in der Zwischenzeit jemanden kennengelernt?«

Mit dieser Frage hatte Annabelle gerechnet.

»Nein …«

»Hör mal, wenn du immer nur wie eine Verrückte arbeitest, kannst du dir das sowieso abschminken … Du wirkst erschöpft, meine Liebe. Kannst du wenigstens schlafen?«

Annabelle schwieg.

»Wenn du so weitermachst, bist du bald mit deiner Arbeit verheiratet. Das wäre doch wirklich traurig. Die Uhr tickt, Annabelle … Falls du noch ein zweites Kind willst, musst du dich beeilen. Das sage ich dir als gute Freundin, verstehst du?«

Gegen sechzehn Uhr verließ Annabelle die Wohnung der Vergnes. Diese lag in der Nähe des Parc Monceau, in einer kleinen Straße, die jetzt am Sonntag menschenleer war.

Annabelle verspürte ein Gefühl von Leere und fühlte sich hohl, fast so, als sei sie nur eine leere Hülle, ohne Bedeutung und ohne Substanz.

Ihr luxuriöser Wagen war auf dem Boulevard de Courcelles geparkt, im Schatten riesiger Bäume, und Annabelle stieg ein. Eigentlich hätte sie wie üblich ins Büro fahren müssen, aber sie saß reglos da. Trübsinnig starrte sie vor sich hin und ließ sich die Worte ihrer Freundin noch einmal durch den Kopf gehen.

Béa hat gut reden, natürlich muss man ackern, um Erfolg zu haben … Wie also sollte ich da einen Typen kennenlernen? Ich sehe meine Kleine ja schon unter der Woche kaum. Pfff, ich habe für nichts Zeit, das Leben rauscht an mir vorbei …

Sie verspürte ein Brennen im Hals.

Ein Scheißleben!

Ihre Augen wurden feucht, sie kniff sie zu, konnte aber nicht verhindern, dass ihr die Tränen kamen.

Wofür ist es gut, verflixt, dass ich wie eine Kranke schufte? Dass ich von einem Termin zum nächsten hetze? Dass ich Erfolg habe? Wozu das alles?

Sie holte tief Luft und versuchte, die dumpfe Wut in ihrem Inneren zu unterdrücken, doch ihr Verstand brannte lichterloh, und ihr Blut kochte. Der Druck, der sich in ihr angestaut hatte, war plötzlich so stark, dass sie unbedingt Dampf ablassen musste. Sie spannte sämtliche Muskeln an, umklammerte das Lenkrad und zog so heftig daran, als wollte sie es aus der Verankerung reißen. Da es ihr nicht gelang, wurde sie noch zorniger, ballte die Fäuste und begann, wie eine Verrückte auf das Lenkrad einzuschlagen und es wüst zu beschimpfen. Sie ließ einer Flut von Ärger und Hass freien Lauf und stieß einige derbe Flüche aus –, und das für geraume Zeit, ohne Unterlass, ohne Luft zu holen, bis sie fast erstickt wäre – und bis plötzlich ein couragierter Spaziergänger an ihr Wagenfenster klopfte …

Innerhalb einer Sekunde richtete sie sich auf und versuchte, eine würdevolle Haltung einzunehmen. Sie warf dem aufdringlichen Typen einen tränenverhangenen Blick zu und gab ihm mit einer Handbewegung zu verstehen, dass alles in Ordnung war. Doch der Mann blieb hartnäckig, und so blieb ihr nichts anderes übrig, als das Fenster ein Stück herunterzulassen.

»Madame, haben Sie ein Problem?«

»Nein, nein …«

»Sind Sie sicher?«

»Ja …«

»Weil Sie gehupt haben!«

»Ja, stimmt … aber jetzt geht's wieder, danke.«

»Sie brauchen vielleicht etwas frische Luft … Das würde Ihnen guttun. Eine kleine Auszeit auf dem Land?«

»Ja, Sie haben recht, danke … Sehr freundlich von Ihnen.«

Als der Mann, augenscheinlich etwas ratlos, endlich weitergegangen war, kauerte Annabelle sich auf ihrem Sitz zusammen und weinte leise vor sich hin.

Frische Luft … auf dem Land …

Schon der Gedanke daran hatte etwas Tröstliches.

Ihr ganzes Leben drehte sich um ihren beruflichen Erfolg. Sie jettete zwischen Paris, New York und Dubai hin und her. Straßen, Häuser, Gebäude, Büros, ständige Anspannung, Hektik, Business und noch mal Business … Ihr drohte geistiges Ersticken. Sie musste dringend einmal durchatmen, sich erholen, ausspannen.

Plötzlich kam ihr eine verrückte Idee: Abhauen! Für einige Tage aus Paris flüchten und die Hauptstadt, die Arbeit und ihre Bekannten, ihre Traurigkeit hinter sich lassen und, wie Annabelle hoffte, auch ihre ständigen Schlafstörungen.

Aber wohin?

Das Bild von Langres kam ihr in den Sinn – dieser befestigten Stadt auf einem Hügel im Département Haute-Marne, in der sie aufgewachsen war. Ein ruhiges, altes Städtchen, fast ausgestorben, in einer herrlichen Landschaft, voller Erinnerungen … Wie lange war sie nicht mehr dort gewesen? Zehn Jahre?

Plötzlich packte sie ein unbändiges Verlangen, diese Landschaft wiederzusehen, an der Stadtmauer entlangzuspazieren. Allein schon die Bilder, die nun vor ihrem geistigen Auge erschienen, waren ihr ein erster Trost.

2

Annabelle schickte eine Mail an ihre Assistentin, bat sie, ihre Termine zu verschieben, fuhr kurz nach Hause, um ein paar Sachen zu packen, und war wenig später auf der Autobahn.

Sie fuhr durch das Flachland der Brie, das waldreiche Département Aube, die hügelige Landschaft der Haute-Marne und erreichte schließlich die Landstraße, die nach Langres führte.

In den drei Stunden, die vergangen waren, seit sie Paris verlassen hatte, hatte sich ihr Herzschlag nach und nach beruhigt. Sie fuhr nun langsamer und freute sich über die Farbenpracht der Natur, jetzt, Ende Juni. Die Abendluft, die zum Fenster hereinwehte, roch intensiv nach Pflanzen und Erde.

Um diese herrliche Landschaft noch mehr zu genießen, hielt Annabelle irgendwann am Straßenrand, kurz vor der Abzweigung eines Wegs. Sie stieg aus dem Wagen, ging ein paar Schritte und merkte, wie erleichtert sie war, dem Lärm der Großstadt entkommen zu sein.

Eine lichte Hecke säumte den Weg. Dahinter entdeckte Annabelle eine Blumenwiese. Ohne lange zu überlegen, machte sie einen großen Schritt über einen Graben hinweg, ging an den Sträuchern vorbei und betrat die Wiese.

Sie war riesig. In der Ferne verengte sie sich zwischen zwei Wäldern, kam dann aber wieder zum Vorschein und erstreckte sich bis zu einem Hügel in der Ferne. Die Wiese war von einem herrlich satten Grün, mit Kornblumen und Butterblumen übersät; hier und da leuchteten auch ein paar Mohnblumen.

Annabelle bekam vor Staunen den Mund nicht mehr zu, so überwältigt war sie von diesem prächtigen Anblick. Es kam ihr so vor, als würde sie zum ersten Mal die Natur und die Existenz von Wildblumen entdecken.

Wie wunderschön es hier ist!

Bedächtig ging sie über diese Blumenwiese und ließ die Arme hängen, um die hohen Grashalme und Blüten an den Fingerspitzen zu spüren.

Wie zart ihr seid!

Ihre Augen saugten diese blühende Weite auf, die Farben, die Harmonie; sie atmete die Wohlgerüche ganz tief ein, als wollte sie sich daran berauschen.

Wie habe ich vergessen können, dass das Paradies so nah ist?

Vergrabene Erinnerungen ihrer frühen Kindheit erwachten nach und nach: Geräusche, Gerüche, der Schatten von Obstbäumen, das dichte Moos, mit Veilchen durchsetzt.

Plötzlich bekam sie Lust, über diese Wiese zu rennen. Die Pumps in der Hand, lief sie barfuß los. Vor lauter Begeisterung wurde sie schneller, lief hierhin und dorthin, nach links und nach rechts, übermütig wie früher als Kind. Sie genoss das Gefühl von Weite und Freiheit, nicht auf die Uhr schauen zu müssen.

Zu guter Letzt legte sie sich mitten in die Blumen und rollte sich im Gras.

Es ist einfach herrlich!

Auf dem Rücken blieb sie liegen, und ihr Blick fiel auf den lodernden Himmel. Eine Nachtigall sang aus voller Kehle; entzückt lauschte Annabelle den immer gleichen Klängen.

Danach legte sie sich auf den Bauch, betrachtete die Grashalme aus nächster Nähe, strich mit den Fingern an ihnen entlang, schnupperte an ihnen. Und wieder fühlte sie sich in ihre Kindheit zurückversetzt. Diesmal lag es an der Beschaffenheit der Grashalme. Sie erinnerte sich, wie sie im elterlichen Garten ganze Grasbüschel ausgerissen und sich in die Taschen gestopft hatte, um sie unter ihrem Kopfkissen zu verstecken. Abends im Bett hatte sie die Halme dann gestreichelt, als wären sie ein Kuscheltier.

Bei dieser Erinnerung lächelte sie selig vor sich hin. Sie versuchte, die Bilder festzuhalten, doch die Vision löste sich auf. Da schloss sie die Augen und schlief, vom warmen Abendwind gestreichelt, inmitten der Wildblumenpracht ein.

Ein Frösteln ließ sie die Augen eine ganze Weile später wieder aufschlagen. Zuerst noch etwas benommen, streckte sie sich und stand dann auf. Es dämmerte bereits. Ihr elegantes Kleid, dessen Weiß sich von ihren rot lackierten Fingernägeln abhob, war übersät mit Grasflecken und Erde.

Annabelle wollte zurück zu ihrem Wagen. Suchend sah sie sich um und merkte, dass sie sich nicht mehr erinnern konnte, aus welcher Richtung sie gekommen war. So weit das Auge reichte, umgaben sie ringsum nur Wiesen und Felder, Bäume und Hecken, eine Landschaft, die sanft in die Dunkelheit glitt.

Instinktiv wollte sie nach ihrer Handtasche und ihrem Smartphone greifen, doch dann fiel ihr ein, dass sie beides im Wagen gelassen hatte.

Mist!

Sie versuchte, sich zu konzentrieren, und sah sich erneut um, bis sie in der Ferne etwas erspähte, was ein Weg zu sein schien. Sie griff nach ihren Schuhen und marschierte zügig los. Doch als sie bei dem Weg ankam, blieb sie ratlos stehen. In welche Richtung musste sie nun gehen?

Verdammt, ich erkenne gar nichts wieder.

Sie zögerte, schlüpfte in ihre Schuhe und entschied sich, dem Pfad nach links zu folgen. Als sich der Weg gabelte, blieb ihr erneut nichts anderes übrig, als sich auf ihren Instinkt zu verlassen. So auch die darauffolgenden Male. Erst bei Einbruch der Nacht gestand sie sich ein, dass sie sich restlos verlaufen hatte.

Na klasse, und jetzt?

Von der Dunkelheit überrascht und ohne die leiseste Ahnung, wohin sie gehen sollte, geriet sie nun doch in leichte Panik. Sie drehte sich einmal um die eigene Achse und lief dann mit hastigen Schritten und auf gut Glück los. Obwohl sie bald außer Atem war, redete sie sich gut zu: *Es ist ja ganz schön auf dem Land, aber wenn man sich hier verläuft, ist es weniger cool … Ach, irgendwann werde ich schon etwas finden … Los, behalte dieses Tempo bei … verlier nicht die Hoffnung … Wir sind schließlich nicht in der Sahara … Je weiter ich gehe, desto größer die Chance, bald wieder in die Zivilisation zu kommen … Scheiße, was für unbequeme Schuhe!*

Der Weg war nun mit hohem Gras überwuchert, was das Gehen um einiges anstrengender machte. Im Halbdunkel wäre sie mehrmals beinahe gestolpert. Schließlich, nach einer Kurve, konnte sie hinter einer Hecke in der Ferne endlich einen Lichtschein sehen, dann die Umrisse eines niedrigen, lang gezogenen Gebäudes. Ein Pfad schien darauf zuzuführen.

Annabelle blieb kurz stehen, um nach Luft zu schnappen, stieß einen erleichterten Seufzer aus und ging dann entschlossen auf das Licht zu; sie würde dort um Hilfe bitten.

Es waren sowohl Zufall als auch die Verkettung ihrer Entscheidungen, die sie zu etwas höchst Ungewöhnlichem führten, doch das ahnte sie zu diesem Zeitpunkt natürlich noch nicht.

3

Georges Lesage, ein siebzigjähriger Landwirt, lag bereits im Bett. Er hatte sein Buch weggelegt und wollte gerade das Licht löschen, als jemand an seine Haustür klopfte.

Unerwarteten Besuch hatte er schon lange nicht mehr bekommen. Er zuckte zusammen, stand auf, öffnete das Fenster und beugte sich hinaus. Unten im Halbdunkel hörte er eine weiche und etwas ratlose weibliche Stimme.

»Guten Abend, Monsieur!«, rief Annabelle. »Entschuldigen Sie bitte, dass ich Sie zu so später Stunde noch störe, aber ich habe mich verlaufen … Mein Wagen muss ganz in der Nähe stehen, aber ich weiß nicht mehr genau, wo. Könnten Sie mir bitte helfen? Ich weiß, es ist schon spät, und es tut mir sehr leid, aber jetzt, wo es dunkel ist, weiß ich mir nicht mehr zu helfen …«

Überrascht zog der Bauer die grauen Augenbrauen hoch. Im Gegenlicht des Fensters war nicht viel mehr von ihm zu sehen als die Umrisse seines stämmigen Körpers. Mit seiner tiefen Stimme antwortete er: »Hm, ich würde Ihnen ja gern helfen, Madame, aber ich habe weder ein Auto noch einen Traktor. Ich habe nur meine Ochsen.«

»Ach je. Was nun? Könnten Sie mir vielleicht eine Taschenlampe ausleihen?«

»Gut, warten Sie kurz. Ich komme runter.«

Der Bauer, der Annabelle einige Zeit später die Tür öffnete, hatte sich in Schale geworfen: Das weiße Hemd wies noch Bügelfalten auf, die schwarze Hose war nicht zerknittert, und die Schuhe waren auf Hochglanz poliert. Fehlte nur noch das Sonntagssakko.

Annabelle wurde in den Eingangsbereich einer Longère gebeten, die aus einem einzigen großen Raum bestand, was typisch für diese Art Haus war. In der Mitte führte eine Treppe nach oben. Vor einem imposanten steinernen Kamin stand ein Couchtisch, der von einem cremefarbenen Sofa und wuchtigen Sesseln umgeben war. Ein Stück dahinter, im Halbdunkel, konnte

Annabelle einen langen Esstisch und eine Anrichte ausmachen. Es gab mehrere Sprossenfenster, unter denen sich alte Futterkrippen befanden, die mit Büchern gefüllt waren. Überall sah Annabelle Bücher, in Stapeln auf dem Boden, auf dem Kaminsims, auf den Tischen, entlang der Wände – einfach überall.

»Es tut mir wirklich leid, Sie zu stören«, wiederholte sie verlegen.

»Aber das macht doch nichts, Madame.«

Nun, da sie im Licht standen, konnte sie sehen, dass ihr Gegenüber ein groß gewachsener, breitschultriger älterer Mann war. Sein Gesicht war von der Sonne gebräunt, von Wind und Wetter gegerbt und vom Alter gezeichnet. Dichte Brauen schirmten die kleinen Augen ab, die tief in den Höhlen lagen. Seine grau melierten Haare waren zerzaust. Er roch gut, nach Eau de Cologne.

Es gab nur wenig, was den Landwirt Georges Lesage aus der Fassung bringen konnte, doch diese charmante, hübsche, in seinen Augen noch junge Frau vermochte es. Er war kein Eremit, aber er lebte wie ein Mönch zurückgezogen auf dem Land, abgeschieden von den schlechten Manieren der Leute und der Anmut bezaubernder Frauen. Diese elegante Dame, die ihn unverfroren musterte, machte ihn deshalb ziemlich befangen.

»Wollen Sie ein Glas Wasser?«, brachte er schließlich über die Lippen.

»Oh nein, danke, das ist sehr freundlich von Ihnen«, erwiderte sie, die es kaum erwarten konnte, wieder zu ihrem Wagen zu kommen.

Er hatte bereits eine Taschenlampe in der Hand.

»Wären Sie so freundlich, mich bis zur Straße zu begleiten?«, fragte sie und deutete auf die Lampe.

»Selbstverständlich. Aber welche Straße meinen Sie?«

»Ähm … die kleine Straße ganz in der Nähe«, sagte sie, als sei es offensichtlich.

»Es gibt drei Straßen, die nicht allzu weit weg sind.«

»Ach je …«

Annabelle merkte, dass sie in Panik geriet und ihr Tränen in die Augen stiegen, was dem Bauern natürlich nicht entging.

»Keine Angst, Madame«, sagte er zuversichtlich, »wir werden Ihr Auto finden … Aus welcher Richtung sind Sie gekommen?«

»Paris«, antwortete sie mit zittriger Stimme.

»Und wohin wollten Sie?«

»Nach Langres.«

Sie blickte auf den Boden, denn sie wollte nicht, dass er ihre feuchten Augen sah.

»Aha, dann muss es die Straße nach Langres sein!«, rief er triumphierend, um sie zu trösten. »Die liegt hier am nächsten.«

Sie lächelte schwach und tupfte sich die Wangen ab.

»Alles wird gut, Madame. Ich bringe Sie gleich hin!«

Was für ein einfühlsamer Mann.

Wenig später marschierten sie los. Der Duft von Geißblatt begleitete sie.

4

Anfangs schwiegen beide. Der Bauer leuchtete vor ihnen auf den Weg, und ihre Augen konnten den dunklen Horizont, dem sie entgegenschritten, mehr erahnen als sehen.

Annabelle hatte sich mittlerweile wieder etwas beruhigt. Doch es war ihr peinlich, dass sie vor diesem Fremden in Tränen ausgebrochen war. Um ihre Verlegenheit zu überspielen, fing sie übertrieben heiter ein Gespräch an: »Und Sie haben tatsächlich keinen Traktor?«

»Nein.«

»Nicht zu fassen! Bauen Sie Getreide an oder züchten Sie Tiere?«

»Ich baue Getreide an. Dieses Jahr Weizen und Roggen, nächstes Jahr etwas anderes.«

»Nur mit Ochsen?«

»Ja, mit meinen Ochsen.«

»Aber die sind doch langsamer als ein Traktor, oder?«

»Stimmt, sie sind langsamer, aber man muss auf die richtige Rasse achten. Manche Ochsen sind stärker als andere. Und auch arbeitswilliger.«

»Ah, verstehe. Und mit diesen stärkeren Ochsen, wie hoch ist da die Produktivität im Vergleich zu einem Traktor?«, erkundigte sie sich interessiert.

»Wie bitte?«

»Ach je, entschuldigen Sie. Das ist ein Fachterminus, der in meinem Metier üblich ist. Ich wollte fragen: Um das Wievielfache ist ein Ochse langsamer als ein Traktor?«

»Ah, das meinen Sie! Keine Ahnung … vielleicht dreimal langsamer.«

Annabelle blieb unvermittelt stehen, wandte sich dem Bauern zu, der daraufhin ebenfalls anhielt, und fragte entgeistert: »Aber warum arbeiten Sie dann mit Ochsen, wenn ein Traktor so viel effizienter wäre?«

»Effizienz interessiert mich nicht«, antwortete der Mann unbeeindruckt. »Mir sind Ochsen eben lieber als ein Traktor … Ich höre ihr Schnaufen lieber als das Tuckern eines Motors, wenn Sie so wollen.«

Seite an Seite gingen sie weiter. Besorgt fragte sie ihn: »Aber das bedeutet doch, dass Sie mit Ihren Ochsen weniger Ertrag haben als mit einem Traktor … Ich meine, dass Ihre Ernte geringer ausfällt … und folglich auch Ihr Einkommen. Verstehen Sie, was ich meine?«

»Aber ja, absolut. Sie haben recht.«

Sie blieb erneut stehen, ergriff den Bauern am Arm und stellte ihm die Frage, die ihr auf der Zunge brannte: »Stört es Sie nicht, zu wissen, dass Sie mehr verdienen könnten?«

»Nein. Ich muss nicht mehr verdienen.«

»Aber Sie könnten es, wenn Sie wollten, richtig?«

»Gut möglich.«

»Also sind Sie von Haus aus reich!«, rief sie triumphierend und glaubte, des Rätsels Lösung gefunden zu haben.

»Ich habe alles, was ich zum Leben brauche.« Nach einem kurzen Moment fügte er hinzu: »Und das bedeutet wohl, dass ich reich bin, nicht wahr?«

Sie setzten sich erneut in Bewegung.

Seine Frage brachte Annabelle aus der Fassung, und sie antwortete: »Na ja, in Paris nicht wirklich … Aber hier vielleicht schon.«

Eine angenehm kühle Brise wehte ihnen entgegen. Der Alte hatte Annabelles Neugier geweckt. Was für ein komischer Kauz, dachte sie, mit seinen Ochsen und seinen vielen Büchern.

Bis zur Straße fiel kein weiteres Wort zwischen ihnen. Als sie diese erreichten, erkundigte sich der Bauer, ob Annabelle noch wisse, in welche Richtung sie jetzt gehen müssten. Sie hatte keine Ahnung. Da beschlossen sie, nach links zu gehen, in die Richtung, in der Paris lag.

Eine ganze Weile marschierten sie die dunkle, verlassene Landstraße entlang, doch Annabelles Wagen kam nicht in Sicht.

»Dann muss Ihr Auto wohl in der anderen Richtung stehen.«

Also kehrten sie um, und unterwegs kam der Bauer ins Grübeln. Falls sie das Auto nicht bald fänden, müsste er der Frau wohl höflichkeitshalber anbieten, bei ihm zu übernachten.

»Diese Schuhe!«, stöhnte Annabelle nach einer Weile. »Meine Füße bringen mich fast um.«

Als sie wieder zu dem Weg kamen, der zum Bauernhof führte, konnte sie nicht mehr.

»Ich bin am Ende, diese Suche bringt nichts«, sagte sie mutlos. »Ich würde gern ein Taxi rufen … aber ich habe mein Handy nicht bei mir. Könnten Sie mir Ihres kurz leihen?«

»Du meine Güte, ich habe keines.«

»Mist! Dann sollten wir besser wieder zu Ihrem Haus zurückgehen, damit ich von dort aus anrufen kann.«

»Oh …«, stammelte der Alte etwas verlegen. »Bei mir zu Hause gibt's kein Telefon.«

Verblüfft starrte Annabelle ihn an.

»Das kann nicht sein! Aber wie …?«

Einen Moment lang schwiegen sie beide.

»Gut, dann haben wir keine andere Wahl, ich muss mein Auto finden, koste es, was es wolle«, sagte sie mit neuem Eifer.

In diesem Moment ließ die Leuchtkraft der Taschenlampe nach. Bald würden sie überhaupt nichts mehr sehen. Mit einem Schneid, der ihn selbst überraschte und der Annabelle rührte, sagte der Bauer hastig: »Ich habe ein freies Zimmer, in dem Sie übernachten könnten … Und gleich morgen früh marschiere ich los und suche Ihr Auto.«

Fast unmerklich richtete er sich gerade auf.

Annabelle versuchte, seinen Gesichtsausdruck zu erkennen, doch sie sah nur seine dunkle Silhouette.

Das wäre äußerst unvernünftig. Aber was soll ich machen? Gut, ich lege mich aufs Bett und lese die ganze Nacht, und falls er sich dem Zimmer nähert, kann ich ihn rechtzeitig hören. Bei so vielen Büchern, die er in seinem Haus hat, geht mir der Lesestoff bestimmt nicht aus.

»Gut, einverstanden«, sagte sie nach kurzem Zögern. »Vielen Dank für Ihr freundliches Angebot.«

Langsamen Schrittes gingen sie auf das Bauernhaus zu, als Annabelle plötzlich stehen blieb und jammerte: »Oh nein! Meine ganzen Sachen sind im Wagen, und ich habe die Schlüssel aufs Dach gelegt … Bestimmt wird ihn jemand stehlen!«

»Würde mich sehr wundern«, beruhigte er sie. »So etwas kommt hier nicht vor, es ist eine sehr sichere Gegend.«

Sie zögerte, aber welche Wahl hatte sie schon?

Während sie weiter auf das Bauernhaus zugingen, ergriffen die Sterne immer mehr Besitz vom Himmel. Trotz ihrer schmerzenden Füße und der Sorgen um ihren Wagen verspürte Annabelle eine seltsame innere Ruhe.

Was für eine verrückte Situation! dachte sie leicht hinkend. *Das ist so ungefähr das Letzte, womit ich heute früh gerechnet hätte: hier auf dem Land durch die Nacht zu humpeln, mit einem Bauern, den ich nicht kenne und bei dem ich gleich übernachten werde …*

Auf halbem Weg zum Hof nahm sie plötzlich einen herrlichen Duft wahr.

»Mhmmm«, sagte sie und schnupperte. »Was für ein Duft! Riechen Sie es auch? Was mag das sein?«

»Flieder.«

»Ah, Flieder, natürlich! Wie herrlich er duftet! Wir hatten einen Fliederbusch im Garten, als ich noch klein war«, erinnerte sie sich.

»Ach ja?«

»Er hatte herrliche rosafarbene Blüten ... Ob er wohl noch dort steht?«

Als sie endlich wieder am Bauernhaus ankamen, nahm Annabelle dankend das Glas Wasser an, das der alte Mann ihr anbot. Anschließend führte er sie nach oben, zu einer Dachkammer am Ende des Flurs. Annabelle war entzückt über die rustikale Einrichtung, den Holzgeruch, die Sauberkeit und das kleine Bad, das direkt daneben lag.

Der Bauer gab ihr Bettwäsche und ein Handtuch und ließ sie dann allein in der Stille zurück. So allmählich schien die Ruhe dieses friedlichen Orts auf sie abzufärben. Ihr Vorsatz, die ganze Nacht zu lesen und auf der Hut zu sein, war schnell vergessen, und sie schlief wie ein Murmeltier in diesem schönen Bett aus Kirschbaumholz.

5

Georges Lesage war groß und kräftig gebaut. Seine körperliche Erscheinung beeindruckte jeden, der ihn traf, ließ aber nicht erahnen, dass er zugleich sehr gebildet und äußerst sensibel war und ein recht ungewöhnliches Leben führte.

Die Natur war sein Lebenselixier. Aus ihr bezog er seine Energie, seine Essenz, seine Kraft.

Er erfreute sich Tag für Tag an der Luft, die er atmete. Er spürte, dass sie die Grundlage seines Lebens war, wie sie durch seine Adern pulsierte, sein Herz durchströmte, sein Gehirn bis zu einem Zustand der Trunkenheit durchflutete und ihm den Stempel der Flora und Fauna aufdrückte.

Er liebte seinen Grund und Boden so sehr, dass es ihm Schuldgefühle bereitete, ihn zu bewirtschaften. Deshalb ging er sehr umsichtig vor, versuchte, die Schmerzgrenze der Erde zu erspüren, wenn er sie mit seiner Pflugschar aufriss und umpflügte. Beim Säen ging er mit ruhigen, erhabenen Bewegungen vor, ganz ähnlich wie Victor Hugo es beschrieben hatte, weil er glaubte, das bald wachsende Getreide würde dadurch umso besser werden. Er war der Ansicht, dass jedes Getreidekorn genügend Platz brauchte, um sich bestmöglich zu entwickeln und zu gedeihen.

Dieser philosophische Ansatz in der Landwirtschaft stand in krassem Gegensatz zu den üblichen und weit verbreiteten Anbaupraktiken, die lediglich auf maximalen Profit ausgerichtet waren. Auch fiel seine Ernte für gewöhnlich eher bescheiden aus, doch das war es ihm wert, da sein Getreide den Geruch und die Kraft von Mutter Erde in sich trug. Und außerdem reichte es ihm für seinen bescheidenen Lebensstil – er bekam seine Ochsen satt und konnte sich Bücher kaufen.

Lesen war das zweite Lebenselixier des Landwirts. Sobald er sein Haus betrat, verwandelte er sich in einen anderen Menschen. Neugierig, wie er von Natur aus war, wollte er sein Wissen erweitern, indem er Sachbücher las, andererseits fand er durchaus auch Gefallen an guten Romanen.

Er las aber nicht nur aus Freude an schönen Geschichten und gut gewählten Worten. Aus seinen Büchern bezog er sein umfassendes Wissen über die Pflanzenwelt, mit der ihn ein Geheimnis verband. Hierbei handelte es sich um ein rätselhaftes Phänomen, für das er bisher keine Erklärung gefunden hatte, obwohl er seit Jahrzehnten intensiv danach suchte.

Jedenfalls marschierte er alle vierzehn Tage nach Langres, im Winter wie im Sommer, bei Wind und Wetter, ob es stürmte oder regnete. Mit großen Schritten durchmaß er die Landschaft auf den ihm wohlbekannten Wegen. Manchmal nahm er auch eine Abkürzung über die Wiesen und Felder, um schneller am Ziel zu sein. Schmutzig, tropfnass oder schwitzend kam er dann an sein Ziel, zu einem Treffen, das er nie verpasste. In der Stadt angekommen, begab er sich auf dem kürzesten Weg zu der kleinen Buchhandlung, die seinem alten Schulfreund gehörte.

Zuerst tranken sie gemütlich einen guten Zichorienkaffee – das Getränk ihrer Kindheit. Danach setzten sie sich in eine Ecke des kleinen Buchladens, auf Stühle aus Buchenholz und mit einer Sitzfläche aus geflochtenem

Stroh, die seit Jahrzehnten zum Inventar gehörten. Der Buchhändler legte seinem Freund eine Liste von neu erschienenen Werken vor, die sie gemeinsam durchsahen, um die Bücher auszuwählen, die am ehesten zu Georges' Suche passten. Danach wählten sie mit Hochgenuss noch zwei, drei Romane aus, die Georges' Geschmack entsprachen.

So kam es, dass sich der Landwirt nach einigen Stunden mit etlichen Neuerwerbungen auf den Heimweg machte, die er an den kommenden Abenden ähnlich genüsslich lesen würde, wie andere Menschen einen guten Wein tranken.

Die Einsamkeit war für ihn eine Notwendigkeit. Sie war der Garant für seine Freiheit und erlaubte ihm, zu tun und zu lassen, was ihm beliebte: sich um seine Tiere und sein Land zu kümmern, zu lesen und seinen Gedanken nachzuhängen. Er lebte in einem gemächlichen Rhythmus, dem Rhythmus der Natur und der Jahreszeiten. Er brauchte keine Uhr, um zu wissen, wie früh oder spät es war; die Geräusche der Natur, der sich drehenden Erdkugel und ihr Echo im Universum sagten es ihm.

Für ihn wäre jede Hektik eine Störung im natürlichen Ablauf der Dinge gewesen. Das Grundgefühl der Städter, dass alles möglichst schnell gehen und man durch seinen Tag hetzen muss, um mit der modernen Welt mithalten zu können, und sich von ihren Errungenschaften verschlingen lassen zu müssen, war ihm völlig fremd. Seiner Meinung nach führte das nur zu innerer Unruhe und dem Gefühl, dass die Zeit viel zu schnell verging, obwohl die Tage für diese Menschen – genau wie für ihn – vierundzwanzig Stunden hatten.

Um sein Leben so führen zu können, wie es seinen Bedürfnissen entsprach, lebte er allein auf seinem Hof. Natürlich hatte er in der Vergangenheit die eine oder andere weibliche Bekanntschaft gemacht, die durchaus in eine Ehe hätte münden können. Doch seine Gefühle waren nie stark genug gewesen, er hatte nie die Art von Leidenschaft verspürt, die einen den Kopf verlieren lässt, wie es in manchen Romanen geschildert wurde. Freundschaft, Zuneigung und Liebe – ja, die kannte er, aber sie hatten sich bisher immer in seinem Herzen vermischt. Die Umstände hatten jedenfalls nie dazu geführt, dass er sie unterscheiden konnte.

Georges Lesage, dieser belesene, archaisch lebende Einzelgänger, faszinierte seine Mitmenschen. Er war nur allzu oft Mittelpunkt ihrer Gespräche. Doch alle wussten, dass er es schätzte, weit ab von anderen Menschen zu leben. Andererseits war er jederzeit bereit, sein Wissen weiterzugeben und anderen zu erklären, was seinem Getreide einen so köstlichen, würzigen Geschmack verlieh.

6

Im Morgengrauen ging der Bauer mit leicht missmutigem Gesicht die Treppe hinunter, denn er hatte eine kurze, unruhige Nacht hinter sich.

Statt wie gewöhnlich schnell einzuschlafen, hatte er sich endlos in seinem Bett gewälzt, ohne in den Schlaf zu finden. Normalerweise schlief er zufrieden ein, sobald er sein Buch zugeschlagen hatte. Doch in dieser Nacht hatte ein wahres Kopfkino eingesetzt, und die Ereignisse des Abends spielten sich in einer Endlosschleife in seinem Kopf ab: Annabelles unerwartetes Auftauchen, ihr hübsches Gesicht, ihre rührende Nervosität, ihre Flut an Fragen und ihr gemeinsamer nächtlicher Fußmarsch.

Georges hatte stundenlang nicht einschlafen können, sodass er an diesem Morgen mit einem schweren Kopf und brennenden Augen aufgewacht war. Nichtsdestotrotz verspürte er ein sonderbares Gefühl der Entzückung, das ihm eher fremd war und ihn veranlasste, sich noch schicker zu kleiden als am Vorabend. Aus diesem Grund hatte er sich die wollene Schirmmütze aufgesetzt, die ihm einst sein Onkel geschenkt hatte.

So zurechtgemacht marschierte er im Morgengrauen los, um nach Annabelles Auto zu suchen. Zu dieser Jahreszeit kündigte ein frischer Duft das Erwachen der Natur an, seinen liebsten Moment des Tages, der anbrach, sobald mit den ersten Strahlen der Morgensonne das Zwitschern der Vögel die Landschaft erfüllte. Mit langen Schritten durchquerte Georges die Wiesen und hatte das Auto rasch gefunden. Dann kehrte er zum Hof zurück, um das Frühstück vorzubereiten.

Es dauerte nicht lange, bis Annabelle herunterkam, die bereits seit einigen Stunden wach war. Sie hätte gern noch länger geschlafen, aber die Erinnerung an das, was am Vortag in Paris passiert war, als sie im Auto diese Nervenkrise erlitten hatte, quälte sie. Warum war sie dermaßen ausgeflippt? Allerdings hatte sie schon vor langer Zeit gelernt, ihre Probleme und Gefühle zu unterdrücken, wenn sie mit anderen zusammen war. Deshalb setzte sie auch jetzt eine betont heitere Miene auf, als sie auf den Bauern zutrat, der geschäftig in seiner Küche hin und her lief, die offen gestaltet war und sich hinter dem großen Esstisch erstreckte. Annabelle fand den alten Mann sehr adrett mit seiner originellen Kopfbedeckung.

»Guten Morgen«, begrüßte er sie. »Haben Sie gut geschlafen?«

»Oh ja«, antwortete sie überschwänglich. »In Ihrem Haus herrscht eine himmlische Ruhe.«

»Muss eine schöne Abwechslung zur Stadt sein, hm? Hier kann man nur vier Arten von Geräuschen hören: Wind, Regen, das Muhen meiner Ochsen und ab und zu ein Donnergrollen. Heute Nacht aber war nichts davon zu hören, und folglich gab es nichts, das Ihren Schlaf hätte stören können.«

Ich muss nicht mal das Muhen eines Ochsen hören, um nicht einschlafen zu können, dachte Annabelle.

»Ich habe Ihr Auto gefunden«, fuhr er bescheiden fort. »Aber ich habe es stehen lassen, weil ich seit einer Ewigkeit nicht mehr am Steuer gesessen habe. Ihre Handtasche habe ich allerdings mitgebracht.«

Erleichtert bedankte sie sich bei ihm.

»Ich bereite gerade das Frühstück zu. Hinterher bringe ich Sie zu Ihrem Auto, wenn's recht ist.«

»Aber ja. Kann ich Ihnen irgendwie helfen?«

»Nein danke, ich bin fast fertig.«

Das Frühstück war für Georges Lesage immer eine genussreiche Sache. Jeden Morgen führte er dieselben akkuraten Gesten aus. Die Kaffeeschale und das Besteck lagen immer an derselben Stelle, daneben ein Brot, das sein Cousin Lucien ihm wie üblich in ein dickes Tuch eingeschlagen in der Holzkiste vor der Tür deponiert hatte, neben einer Butterdose mit streichzarter Butter.

Während er den Tisch deckte, strömte ein köstlicher Kaffeeduft durch den Raum.

»Ich habe Kaffee, Roggenbrot, Butter, Honig, Käse und ein paar Schokowaffeln«, sagte der Bauer, als er sich gegenüber von Annabelle an den Tisch setzte.

»Wunderbar! Ich weiß gar nicht, wie ich mich für Ihre Gastfreundschaft bedanken kann. Da bekommt man ehrlich gesagt fast Lust, sich öfter zu verfahren.«

Georges schwieg, doch eine leichte Röte überzog seine Wangen.

»Sie haben sehr viele Bücher im Haus«, bemerkte Annabelle, während sie sich umsah. »Man kommt sich fast wie in einer Bibliothek vor.«

»Ich lese gern«, antwortete er etwas verlegen und zog ein Messer aus der Tasche.

Er klappte das Messer auf. Annabelle beobachtete ihn leicht beklommen, doch er beruhigte sie mit einem Lächeln.

»Und die haben Sie alle gelesen?«, fragte sie, um ihre Befangenheit zu überspielen.

»Die meisten, ja.«

Er goss Kaffee in große weiße Porzellanschalen, deren Lack stellenweise schon etwas abgesprungen war. Er füllte sie bis fast zum Rand, und eine duftende Dampfwolke stieg auf.

»Sind es Romane?«, fragte Annabelle weiter.

Er stellte die Kaffeekanne ab.

»Nicht alle, aber auch.«

Auf dem langen Tisch lagen einige Bücher, in Reichweite von Annabelle. Sie las den Titel des ersten: *Die geheimen Sprachen der Natur*, und daneben lag: *Die Seele der Pflanzen*.

»Ah, Sie interessieren sich für Pflanzen?«, fragte sie und deutete auf diese Bücher.

»Ja, allein schon berufsbedingt.«

»Und interessieren Sie sich mehr für Bäume oder für Blumen?«

»Oh, da habe ich keine Präferenzen. Mich interessiert alles, was die Natur betrifft.«

Etwas nervös starrte er auf seine Kaffeeschale. Annabelle stellte so viele Fragen, und in der Zwischenzeit wurde der Kaffee kalt.

»Sie meinen also, dass Blumen eine Seele haben?«

»Herrje …«

»Ich könnte mir vorstellen, dass es eher als Metapher gemeint ist …«

»Wer weiß. Aber wenn es Ihnen nichts ausmacht, sollten wir vielleicht zuerst frühstücken«, schlug er vor.

Er reichte ihr das Brot, die Butter und den Honig, wünschte ihr guten Appetit und machte sich dann selbst über sein Frühstück her, als gäbe es nichts anderes auf der Welt. Er schien sein Essen eher zu verschlingen, als es zivilisiert und gründlich zu kauen.

Annabelle beobachtete ihn fasziniert. Er tunkte sein Honigbrot in den dampfenden Kaffee, führte es dann zum Mund, und wenn sich seine Lippen um das Brot schlossen, atmete er laut hörbar den mit Kaffee durchtränkten Duft ein.

Wie ein Wilder … Als hätte er keine Tischmanieren!

Sobald er eine Brotscheibe verschlungen hatte, begann er erneut mit seinem Ritual, das er mit erstaunlicher Präzision durchführte: Er nahm den Brotlaib in eine Hand, wischte die Messerklinge sorgfältig an der weichen Schnittfläche ab, stemmte sich den Laib gegen die Brust, setzte das Messer genau einen Fingerbreit vom Rand an und ließ das Brot dann auf sich zugleiten, fast ohne die Klinge zu bewegen.

Was für eine perfekte Scheibe!

»Käse?«, fragte er.

»Nein danke, morgens nicht«, antwortete Annabelle und verzog das Gesicht.

Mit seinem scharfen Messer schnitt der Bauer ein Stück Tomme-Käse ab und führte es auf der Klinge seines Messers zum Mund. Dann riss er, zwischen Daumen und Messer, ein Stück von seiner Brotscheibe ab, schob es in den Mund und spülte es mit einem kräftigen Schluck schwarzen Kaffees hinunter.

Nachdem er sein Frühstück beendet hatte, wischte er die Krümel zusammen, ließ sie in seine Handfläche fallen und schüttete sie dann in seinen Kaffee, den er anschließend langsam und geräuschvoll trank. Zum Abschluss wischte er sich den Mund ab, faltete sorgsam seine karierte Serviette, rollte sie zusammen und schob sie in einen hölzernen Serviettenring.

Annabelle war fast in eine Art Trance gefallen, so fasziniert hatte sie die präzise ausgeführten Gesten des Bauern verfolgt. Und obwohl er wahrlich nicht geräuschlos aß, hatte es trotzdem einen gewissen Stil. Zudem war er offenbar sehr belesen und schien auch sehr freundlich zu sein. Sie hätte es hier in der Pampa wahrlich schlechter treffen können.

Sobald der Tisch abgeräumt war, machten sie sich auf den Weg zu Annabelles Wagen. Trotz der Blase an ihren Füßen und der Absätze kamen sie recht schnell ans Ziel.

Die Zeit des Abschieds war gekommen, und Annabelle sprach spontan drauflos.

»Eine komische Situation, nicht wahr?«, sagte sie. »Aber Sie haben mich so freundlich aufgenommen, dass ich gar nicht weiß, was ich sagen soll. Ich bin richtig gerührt.«

Der Bauer war sichtlich um Worte verlegen.

»Es hat mich sehr gefreut, Ihre Bekanntschaft zu machen«, fuhr Annabelle fort.

»Das Vergnügen war ganz auf meiner Seite«, erwiderte der Bauer und starrte auf seine Füße.

»Ich weiß nicht mal, wie Sie heißen.«

»Georges Lesage.«

»Gut, Georges, ich bin Annabelle Dumas. Sehr erfreut!«

Sie reichte ihm die Hand, die er schüttelte, als hätten sie sich gerade erst kennengelernt. Sie lachte verlegen auf. »Ich sollte jetzt los. Tausend Dank für Ihre Gastfreundschaft und Ihre Hilfe.«

»Gern geschehen.«

»Auf Wiedersehen, Georges.«

Erneut streckte sie die Hand aus. Sie war versucht, ihn freundschaftlich auf die Wangen zu küssen, doch er wirkte so reserviert, dass sie darauf verzichtete.

»Auf Wiedersehen, Madame.«

»Oh! Und ich habe mir erlaubt, Sie mit dem Vornamen anzureden. Durfte ich das überhaupt?«

»Ähm … ja … natürlich.«

»Dann nennen Sie mich doch bitte Annabelle!«, sagte sie spontan und mit einem komplizenhaften Grinsen.

Zum dritten Mal reichte sie ihm die Hand.

»Auf Wiedersehen, Georges.«

»Auf Wiedersehen, Madame.«

Sie stieg in ihren Wagen, schlug die Tür zu, startete den Motor, winkte dem netten Bauern lächelnd zu und fuhr davon.

Auf dem Nachhauseweg sagte sich Georges, dass sein Gast eine wirklich bezaubernde, charmante, hübsche Frau war. Etwas neugierig, das ja, und auch redselig. Er bedauerte, dass er sie nicht mit dem Vornamen angeredet hatte.

7

Endlich kam Annabelle in Langres an, wo sie seit über zehn Jahren nicht mehr gewesen war.

Sie nahm sich ein Zimmer in einem Hotel im Zentrum und ging dann gleich ein paar hundert Meter weiter zu dem Haus, in dem sie ihre Kindheit verbracht hatte. Ihre Eltern hatten es schon vor Jahren verkauft und waren weggezogen.

Es war ein altes Gebäude unweit der Festungsmauer, aus Quadersteinen erbaut. Der große Garten hinter dem Haus war mit einer Steinmauer eingegrenzt. Durch eine Holztür gelangte man auf den Weg, der zum Rundgang entlang der Festungsmauer führte. Wie von einem Felsvorsprung hatte man von dort aus einen unverbaubaren Blick auf die umgebende Natur, und im

Winter konnte man bei klarem Wetter sogar die verschneiten Gipfel der französischen Alpen sehen.

Staunend betrachtete Annabelle die wunderschöne Landschaft, die gelb gefärbten Getreidefelder, die sattgrüne Vegetation, das Blau eines Sees in der Ferne und die dahinter liegenden hügeligen Wälder. Als Kind hatte sie oft am Fenster ihres Zimmers gestanden, die Landschaft betrachtet und vor sich hin geträumt.

Sie drehte sich um, betrachtete nun die Steinmauer, hinter der ihr früherer Garten lag, und sah sich wieder fröhlich darin herumtoben. Sie hatte sich Grashalme ans Ohr gehalten, um zu hören, ob sie etwas sagten, sie hatte die Blumen gestreichelt, mit den Bäumen geredet, den Vögeln zugehört, den Himmel betrachtet, sich vom Wind streicheln lassen … Sie schloss die Augen: Diese Erinnerungen weckten in ihr Gefühle absoluten Glücks.

Diese glückliche Phase ihrer Kindheit hatte allerdings nicht lange angehalten. Sie war Einzelkind, und ihre Eltern hatten ehrgeizige Pläne für sie gehabt. Sie bewegten sich in gutbürgerlichen Kreisen und wollten stolz auf ihre Tochter sein, von ihrer Karriere berichten, sie herumzeigen, sie zur Schau stellen.

Von der ersten Klasse an hatten sie Annabelle angehalten, stets fleißig zu lernen, damit sie gute Noten erhielt, denn die brauchte man, um an einer der Eliteuniversitäten angenommen zu werden, was einem später viele Türen öffnete. Was hätte Annabelles Liebe zur Natur da schon genützt? Nichts, rein gar nichts! Ihre Eltern hatten Großes mit ihr vor. Und um sie nicht zu enttäuschen und sich ihrer Liebe sicher zu sein, hatte Annabelle jeden Gedanken an die Natur verdrängt, mehr noch: Um nicht darunter zu leiden, hatte sie sogar komplett vergessen, dass es so etwas wie Natur überhaupt gab.

Während sie weiter ihren Erinnerungen nachhing, spazierte Annabelle an der Festungsmauer entlang. Sie gelangte zu einer kleinen Grünanlage auf dem Platz gegenüber der Kathedrale, wo es eine Sitzbank gab. Ein Westwind war aufgezogen, der den warmen Duft des Grases der umliegenden Wiesen mit sich brachte.

Wie mein Leben wohl verlaufen wäre, wenn man mir meine Liebe zum Garten und zur Natur gelassen hätte?

Sie dachte einen Moment über diese Frage nach, und als ein Gedanke zum nächsten führte, ertappte sie sich dabei, wie sie mit ihren abwesenden Eltern redete: *Ich bin den Weg gegangen, den ihr für mich vorgezeichnet hattet, und ich habe den Eindruck, dass ich so erfolgreich geworden bin, wie ihr gehofft habt. Ihr könnt stolz auf mich sein, und trotzdem fühle ich mich verloren und weiß irgendwie nicht weiter …*

Da fiel ihr auf, dass sie nach ihrer Nervenkrise am Sonntag nicht etwa Zuflucht bei ihren Eltern gesucht hatte. Nein, sie war instinktiv in die Stadt ihrer Kindheit gefahren. Warum? Weil sie sich hinter dieser massiven Festungsmauer so behütet gefühlt hatte, so heimisch, als wäre sie in ihrem eigenen Reich.

Unvermittelt dachte Annabelle an die kleine Léna, die sie in Paris zurückgelassen hatte, und heftige Schuldgefühle überfielen sie und auch eine große Sehnsucht. Sie rief ihre Tochter an, versuchte, ihre Schluchzer zu unterdrücken, und versicherte ihr, wie sehr sie sie liebte.

Annabelle blieb drei Tage in Langres, im Schutz des quirligen Städtchens. Wären nur ihre nächtlichen Albträume, das Erwachen lange vor Sonnenaufgang und das allnächtliche Infragestellen ihres Lebens nicht gewesen! Doch sobald die Sonne aufging, verschwanden diese quälenden Gedanken und machten einer gewissen inneren Ruhe Platz.

Sie spazierte so manches Mal durch das Städtchen ihrer Kindheit. Dabei machte sie ganz nach Lust und

Laune in den altvertrauten Bistros halt, traf einige alte Schulkameraden und auch Bekannte ihrer Eltern.

Sie ließ sich unbekümmert treiben und hatte das Gefühl, in ihrem Leben nur selten ruhigere und gelassenere Stunden verbracht zu haben. Dass ihre Tochter nicht bei ihr war, war der einzige Wermutstropfen.

Erstaunlicherweise kam ihr der alte Bauer immer wieder in den Sinn. So kam es, dass sie am vierten Tag, als ihr Pflichtgefühl sie ermahnte, nach Paris zurückzukehren, spontan beschloss, einen kleinen Umweg zu machen, um ihm Hallo zu sagen.

Sie hatte einige Mühe, den Weg zu seinem Bauernhaus wiederzufinden. Als sie dann endlich auf seinem Hof ankam, sah sie einen kleinen weißen Lieferwagen vor dem Haus stehen. Sie klopfte an die Haustür. Ein Mann mit Schnauzbart öffnete ihr und sagte mit dem starken Akzent dieser Gegend: »Er macht mit Melchior gerade eine kleine Tour zu den Getreidefeldern. Wenn Sie dort langlaufen …« Er zeigte auf einen Weg. »… holen Sie ihn bestimmt bald ein, er geht eher langsam.«

Wer ist dieser Melchior? Ein komischer Name …

Und nach einer Wegbiegung erblickte sie ihn: den Bauern und das Hinterteil eines großen Ochsen – Melchior.

Georges war überrascht und sichtlich erfreut, Annabelle zu sehen. Seit der Nacht, die sie in seinem Haus verbracht hatte, musste auch er hin und wieder an sie denken. Dann stellte er sich vor, dass sie ihn erneut mit Fragen löchern und wieder so verblüfft sein würde.

Er hielt mit seinem Erstaunen nicht hinter dem Berg.

»Guten Tag! Welche Überraschung! Wie haben Sie mich gefunden?«

Wieder fiel ihr seine gedehnte Sprechweise auf, der typische Akzent der Menschen im Osten Frankreichs.

»Guten Tag, Georges! Ein Mann mit Schnauzbart hat mir erklärt, wo Sie unterwegs sind.«

»Ah, Lucien.«

Der Lebensmittelhändler Lucien fuhr mit seinem Lieferwagen von Haus zu Haus und belieferte dabei auch seinen Cousin Georges.

»Ich bin auf dem Rückweg nach Paris«, erklärte Annabelle, »aber ich wollte noch schnell vorbeischauen und mich dafür bedanken, dass Sie mich neulich beherbergt haben.«

»Das war doch selbstverständlich. Sie waren wirklich in einer Notlage.«

Er hätte ihr gern gesagt, wie sehr er ihre Gesellschaft genossen hatte, doch seine Schüchternheit hielt ihn davon ab.

»Haben Sie etwas dagegen, wenn ich Sie ein Stück begleite?«, schlug Annabelle vor.

»Aber nein, ganz im Gegenteil.«

Nun gingen sie zu dritt durch die Landschaft, der Bauer zwischen Annabelle und Melchior.

»Ich habe auf Ihrem Hof keinen Hund gesehen … Haben Sie denn keinen?«

»Nein, aber ich hatte mal einen Hund. Er wurde sehr alt, fast zwanzig … Aber vor einem Jahr ist er gestorben.«

Er legte eine kurze Gedenkminute für seinen Hund ein und fuhr dann fort: »Homer, so hieß er, war mir ein guter Freund. Ich habe ihm fast jeden Abend Geschichten vorgelesen. Das hat er geliebt!«

Ein wehmütiges Lächeln huschte über sein Gesicht.

»Warum holen Sie sich dann keinen anderen Hund ins Haus? Das fehlt Ihnen bestimmt.«

»Mir fehlt kein anderer Hund, sondern Homer. Ich fände es seltsam, ihn zu ersetzen.«

Der Weg stieg leicht an, zwischen einem Wäldchen und einem Roggenfeld. Da Annabelle schwieg, fuhr der Bauer nach einer Weile fort: »Wenn zum Beispiel einer meiner Ochsen stirbt, muss ich mir einen neuen kaufen, der seinen Platz einnimmt. Sonst könnte ich meinen Hof nicht bewirtschaften … Meinen Hund Homer hatte ich nur aus dem Grund, dass er mir Gesellschaft leistete. Er war immer an meiner Seite, er war wie ein Teil von mir.«

Verlegen hätte Annabelle gern ihr Mitgefühl geäußert, doch sie wusste nicht, was sie sagen sollte.

Sie gingen weiter auf einem gewundenen Weg, der von hohen Gräsern und Hahnenfuß gesäumt war, hin und wieder im Schutz hoher Bäume, und kamen nach einer Weile nur noch an Kornfeldern vorbei. Der Weg stieg nun etwas steiler an, und Melchior merkte man die Anstrengung an, die ihn der Aufstieg kostete. Georges verlangsamte seine Schritte, bis sie schließlich oben auf dem Hügel ankamen.

Von hier aus bot sich ihnen ein malerischer Ausblick. Kornfelder und grüne Blumenwiesen erstreckten sich kilometerweit in einem sanften Tal, hin und wieder durch Baumgruppen getrennt und in der Ferne von Wäldern eingerahmt. Mitten auf einer Wiese gab es eine Parzelle mit roten Mohnblumen, an denen Annabelles Blick unwillkürlich haften blieb. Eine sanfte Brise strich in Wellen über das Land, sodass die Umgebung unablässig ihre Farben veränderte und das ausgedehnte Panorama bis hin zum dahinter gelegenen kleinen Tal am Horizont in ständiger Bewegung war.

Sie blieben stehen. Georges betrachtete schweigend

die Landschaft, während Annabelle in Verzückung geriet.

»Wie wunderschön!«

»Mhmm.«

»Diese Harmonie, diese Stille. Ich beneide Sie darum, hier zu wohnen und diese wunderbare Natur genießen zu können.«

»Jeder von uns kann frei entscheiden, wo er wohnen möchte«, antwortete er, ohne groß nachzudenken.

»Ja, das stimmt, Sie haben recht. Das hängt zweifellos von einem selbst ab.«

Ein etwas heftigerer Windstoß strich über ihre Gesichter und zerzauste ihre Haare.

»So wie Sie es sagen«, fuhr Annabelle fort, »klingt es ganz einfach. Aber vom Standpunkt meiner kleinen Welt aus, in meiner derzeitigen Verwirrung, ist die Sache sehr viel komplizierter.«

Sie schwieg für einige Augenblicke und wusste nicht recht, wie sie weiterreden sollte.

»Aber ich will Sie nicht mit meinen persönlichen Problemen nerven, sie sind unwichtig«, sagte Annabelle schließlich.

»Mmmh …«

Sie deutete dieses Brummen als Zustimmung des Bauern, dass er tatsächlich nichts davon hören wollte.

Doch dem war nicht so. Er spürte, dass diese Frau eine ganz besondere Sensibilität besaß. Er wollte mehr über sie erfahren.

»Aber nein, Sie nerven mich nicht. Wieso ist es kompliziert?«

Annabelle, die das Bedürfnis verspürte, sich jemandem anzuvertrauen, ließ sich nicht lange bitten: »Ich habe das Gefühl, dass mein Leben leer ist … Ich meine, damit will ich sagen … Wissen Sie, es ist nicht so, dass es nicht ausgefüllt wäre, ganz im Gegenteil, es ist restlos ausgefüllt. Aber ich … ich weiß irgendwie nicht mehr, wozu das alles gut sein soll, was ich mache. Ja, das ist es … genau das ist es! Wofür also ist das Leben gut, das ich führe? Dennoch ist es merkwürdig, sich so eine Frage zu stellen, nicht wahr?«

Ohne auf eine Antwort zu warten, fuhr sie fort: »Und ich muss Ihnen auch gleich sagen, dass alles noch verwirrender wird, wenn ich sehe, wie Sie leben … ich meine, das Wenige, das ich mitbekommen habe … Gut, ich weiß zwar nicht sehr viel über Ihr Leben, aber ich spüre, dass es ein einfaches, ruhiges Leben ist und dass Sie sehr ausgeglichen sind und in sich ruhen. Gelassenheit ist unglaublich wichtig im Leben.«

Sie war so sehr in ihren Überlegungen gefangen, dass sie sich nicht bremsen konnte.

»In meinem Kopf dagegen herrscht seit einiger Zeit ein heilloses Durcheinander. Ich schlafe kaum noch, und wenn doch, habe ich meist Albträume. Wissen Sie, manchmal würde ich am liebsten alles hinschmeißen, mein verrücktes Leben hinter mir lassen, meine Tochter mitnehmen und mir ein paar Ziegen kaufen, um nichts anderes mehr zu tun, als mich um die Tiere und mein Kind zu kümmern. Ich würde so gern in Ruhe über alles nachdenken. Ganz ähnlich wie Sie … zumindest soweit ich es beurteilen kann.«

Der Bauer kam nun endlich auch zu Wort: »Aber was hindert Sie daran, das zu tun, was Sie gerade aufgezählt haben?«

»Was mich daran hindert? Nun … keine Ahnung. Ich würde sagen, mir fehlt der Mut. Was meinen Sie?«

»Das kann ich nicht für Sie beantworten. Ich persönlich habe nie Mut gebraucht, um hier zu leben und genau dieses Leben zu führen, weil ich nie etwas anderes kannte, von meinen Studienjahren mal abgesehen. Andererseits bräuchte ich sehr viel Mut, wenn ich plötzlich Lust bekäme, nach Paris zu ziehen.«

»Das ist sehr wahrscheinlich … nein, sicher«, korrigierte sich Annabelle, während sie laut nachdachte. »Ich habe mir gesagt, dass es in meinem Fall schlichtweg unmöglich ist, von Paris wegzugehen und alles hinter mir zu lassen. So blauäugig darf ich nicht sein: Ich bin nicht für ein Leben auf dem Lande gemacht … denn … nehmen Sie es mir nicht übel, aber ich glaube, ich würde mich hier langweilen. Allerdings muss ich zugeben, dass ich mein Leben in letzter Zeit als dermaßen anstrengend und quälend empfinde, dass ich Sie um Ihren Seelenfrieden beneide.«

Der Bauer, der dieser jungen Frau gern helfen wollte, antwortete mit ernster Miene: »Wenn mich etwas bedrückt oder belastet, rede ich mit den Blumen.«

Annabelle sah ihn groß an.

»Wie das?«

»Sehen Sie die Mohnblumen dort unten?« Er zeigte ins Tal.

»Ja.«

»Ich habe schon immer mit Blumen geredet. Mein Onkel, der mich in die Geheimnisse der Natur eingeweiht hat, wollte diese Parzelle dort nie bewirtschaften. Ich habe es auch nie getan. Jahr für Jahr kommen die Mohnblumen wieder. Als ich noch klein war, bin ich immer zu ihnen gelaufen, sobald sie geblüht haben. Die Mädchen haben mit ihren Puppen geredet, die anderen Jungen mit ihren Zinnsoldaten, und ich hatte meine Blumen.«

»Es stimmt, Blumen sind lebendig«, sagte Annabelle nachdenklich, »und folglich gebe ich zu, dass es logischer ist, mit Blumen zu reden als mit einem Spielzeug. Im Übrigen habe ich mich in den letzten Tagen wieder daran erinnert, dass ich früher auch mit Blumen und Bäumen geredet habe.«

Überrascht sah er sie an.

»Ja, es stimmt«, bestätigte sie lächelnd.

»Und haben sie geantwortet?«

»Wer? Die Blumen?«

»Ja.«

»Nun ja … ich habe es mir zumindest eingebildet …«

Sie lachte kurz auf und sagte dann: »Aber nein, natürlich nicht.«

»Nein?«, fragte er enttäuscht. »Denn die Blumen hier würden Ihnen antworten.«

Annabelle musterte ihn skeptisch.

»Im Übrigen habe ich mit den Mohnblumen dort unten einen Pakt geschlossen«, fügte er hinzu.

»Einen Pakt?«

»Ja. Ich lasse sie auf ihrer Parzelle in Ruhe, und sie halten sich weitgehend von meinen Kornfeldern fern.«

»Wie kann man mit Blumen einen Pakt schließen?«

Er drehte sich ihr zu.

»Das erstaunt Sie … verständlicherweise. Und doch ist es wahr. Es ist nicht nur so, dass ich mit den Blumen rede, sie antworten mir auch. Wenn ich als Kind traurig war, haben sie mich getröstet. Noch heute setze ich mich oft zu ihnen und lese, und manchmal plaudern wir miteinander, hauptsächlich über das Leben und welchen Sinn es hat.«

Bis dahin hatte Georges einen ausgeglichenen und seriösen Eindruck auf Annabelle gemacht. Seine tiefe Stimme und die klugen Augen bekräftigten diesen Eindruck.

Will er mich jetzt auf den Arm nehmen, oder ist er ein Spinner? Dieser Mann ist offenbar doch nicht so weise, wie ich dachte … Aber gut, es ist ohnehin Zeit, nach Hause zu fahren!

Doch der Bauer hatte andere Pläne mit Annabelle.

»Wollen Sie nicht mal versuchen, den Mohnblumen dort von Ihren Problemen zu erzählen? Man kann nie wissen … Vielleicht können sie Ihnen helfen!«

»Oh nein! Nein, nein, Ihr Vorschlag ist sicher nett gemeint, aber … ich kann damit nichts anfangen«, erwiderte sie, während sie die rote Fläche inmitten der Wiese betrachtete. »Ich muss nach Hause fahren. Das ist besser so.«

Melchior schüttelte seinen breiten Kopf und stampfte mit den Hufen, als der Bauer zu Annabelle sagte: »Sie halten mich für einen Spinner und trauen sich nicht, zumindest einen Versuch zu wagen, nicht wahr? Ich werde Ihnen erklären, wie es ablaufen könnte, wenn Sie es tun würden. Wenn Sie vor der Mohnblumenwiese stehen, werden Sie ein Exemplar sehen, das etwas größer und auch anmutiger als die anderen ist. Diese Blume ist auch von einem tieferen Rot. Gehen Sie zu ihr! Und wenn Sie bei ihr sind, erzählen Sie ihr alles, was Ihnen zu schaffen macht, frei von der Leber weg, ohne falsche Zurückhaltung oder Angst, sich lächerlich zu machen. Sie werden ja auch ganz allein sein, ich komme nicht mit. Ich muss Melchior in den Stall zurückbringen.«

Annabelle musterte den Bauern. Er wirkte vollkommen ernst und schien es so zu meinen.

Einen Versuch wäre es doch wert. So mies, wie ich mich derzeit fühle …

Sie betrachtete die rote Parzelle, sah dann wieder zu Georges und schaute schließlich mit leerem Blick in die Ferne, zum Horizont. Nach einigen Minuten des Schweigens erklärte sie: »Einverstanden! Ich gehe hin.«

Er nickte.

»Gut … also, wie komme ich am besten hin?«, fragte sie.

»Gehen Sie etwa hundert Meter den Weg dort entlang, dann nach links an dem Kornfeld vorbei«, beschrieb er ihr und zeigte darauf. »Dann kommen Sie direkt zu den Blumen.«

»Gut. Dann mache ich mich jetzt mal auf den Weg.«

Annabelle ahnte nicht, welch fantastischer Erfahrung sie entgegenlief.

»Na schön«, murmelte sie unterwegs vor sich hin. »Ich muss also die größte Mohnblume finden. Eine Blume, die sprechen kann ... Himmel, ich muss ja ganz schön fertig sein, wenn ich an diesen Hokuspokus glaube.«

Als sie schließlich die Parzelle erreichte, blieb sie stehen und ließ ihren Blick über die Mohnblumenpracht schweifen. Sie suchte nach dem größten, elegantesten, glänzendsten Exemplar. Zuerst konzentrierte sich Annabelle auf die Mitte der Parzelle, weil sie dachte, die majestätischste Blume müsse zwangsläufig im Zentrum wachsen. Doch dort konnte sie nichts Auffälliges entdecken.

Vorsichtig machte sie ein paar weitere Schritte.

An einer Ecke der Parzelle blieb sie erneut stehen und betrachtete den Teppich von Mohnblumen. Dass der Wind unablässig über die Blütenkronen strich, machte die Sache nicht unbedingt einfacher.

Wie soll ich die besondere Schönheit einer Blume erkennen, wenn sie inmitten von tausend anderen steht? dachte Annabelle seufzend. *Die Farbe der Blütenblätter verändert sich ständig, je nach Stand der Sonne, und mal sind sie pastellig, bald dunkelrot, dann wieder eher purpurrot …*

Da kam sie auf die Idee, sich zu bücken und sich auf die Höhe der Stängel zu konzentrieren; wenn eine größer war, würde sie über die anderen hinausragen. Doch auch dieser Blickwinkel half ihr nicht weiter, keine Blume ragte über die anderen hinaus.

Doch so schnell gab Annabelle nicht auf und schritt suchend an der scharlachroten Parzelle entlang. Da entdeckte sie zu ihrer Rechten einen Trampelpfad, der in die rote Blütenpracht hineinführte. Sie folgte ihm.

Immer mehr spürte Annabelle, dass die Blumen sie mit ihrer unglaublichen Anmut in den Bann zogen, wie ihre seidenen Blütenblätter sie einhüllten, und so unglaublich es auch klingen mochte, war dieses Eintauchen in das Mohnblumenfeld fast wie das Eintauchen in eine Badewanne, wenn das Wasser den Körper umschließt, ihn umschmeichelt und die Sinne verzaubert. Annabelle fühlte vage, dass sie in einen neuen Bewusstseinszustand eintauchte und sich für eine neue Erfahrung öffnete. Und auf einen Schlag fielen sämtliche Zweifel von ihr ab, und sie war sich sicher, dass sie früher oder später diese besondere Blume finden würde.

8

Wie ein müdes Maiglöckchen streckte sich eine große, fast karmesinrote Mohnblume leicht geneigt der Sonne entgegen. Sie stand nicht weit entfernt vom Rand der Parzelle. Annabelle blieb vor ihr stehen, und dann, ohne es wirklich zu wollen und ohne lange zu überlegen, was sie überhaupt sagen wollte, sprudelten die Worte nur so aus ihrem Mund, ohne Angst, ohne Hemmungen, ohne Zurückhaltung: »Seit Monaten habe ich nachts Angstzustände und bin tagsüber deprimiert. Bis vor Kurzem war ich ganz glücklich, aber damit ist es vorbei; es ist total ins Gegenteil umgeschlagen. Ich habe diese ständigen Grübeleien so satt, das Wiederkäuen dieser immer gleichen Gedanken und die permanente Ratlosigkeit … Dabei habe ich alles erreicht, von dem ich je geträumt habe: beruflichen Erfolg, Wohlstand, eine gute Gesundheit …«

Die Mohnblume richtete sich langsam auf, und Annabelle hörte die Worte:

»Du glaubst, alles zu haben,
Aber glaube mir:
In Wirklichkeit hast du nichts.
Denn was du besitzt,
Entspricht nicht
Deinen wahren Wünschen.
In Wirklichkeit lebst du
In einer materiellen Welt,
In einer Kultur, die auf Illusionen beruht
Und Angst macht,
In einer Welt des schönen Scheins
Und des Konkurrenzdenkens,
Einem Universum, in dem allein Besitz
Und Macht zählen.
Wir, die Blumen,
Kennen keine Angst,
Denn wir begnügen uns mit Erde und Wasser,
Die uns nähren,
Erfreuen uns des Winds und der Sonne.
Da wir nichts erwarten,

Sind Hoffnungen uns fremd.
Jahr für Jahr erblühen wir
Nur für kurze Zeit,
Doch diese leben wir in vollen Zügen,
Ohne Zwänge und ohne Verzweiflung,
Nur darauf bedacht,
Zu sein, solange wir sind.
Das ist des Lebens einzige Wahrheit.«

Annabelle war im ersten Moment wie vor den Kopf gestoßen, dann erst sagte sie ironisch: »Da hetze ich wie eine Verrückte durch mein Leben und laufe seit zwanzig Jahren dem Erfolg hinterher, den ich inzwischen erreicht habe, und dann muss ich mir von einer Blume sagen lassen, dass ich nur deshalb so unglücklich bin, weil ich einen falschen Weg eingeschlagen habe? Ah, danke vielmals!«

Sie überlegte kurz und fragte die Mohnblume dann: »Was muss ich tun, um glücklich zu sein?«

Von der Mohnblume bekam sie Folgendes zu hören:

»Da du weißt, dass du unglücklich bist,
Obwohl du all deine Ziele erreicht hast,
Sind es offenbar nicht Geld und Ruhm,
Die dich glücklich machen.

Es gibt einen anderen Weg
Zu deinem Glück,
Dein Herz will offenbar
Von einem anderen Duft eingehüllt werden.«

Wieder bäumte sich in Annabelle alles auf. Mit einem ironischen Grinsen dachte sie: *Wenn ich mal kurz zusammenfasse: Nachdem ich wie eine Löwin gekämpft habe, um greifbare Resultate in den Händen zu halten, soll ich nun nach etwas suchen, das ich nicht kenne, ein mir unbekanntes Ziel anstreben! Eine Art Schatzsuche im großen Stil. Es wäre, als würde ich in der Wüste nach einem bestimmten Sandkorn suchen! So ein Unsinn! Es ist schlichtweg unmöglich!*

Als hätte die Mohnblume ihre Gedanken gelesen, sagte sie plötzlich:

»So ist es oft:
Wer nur in bekannten Gefilden navigiert,
Ist nicht davor gefeit,
In die Irre zu laufen
Oder zu leiden.
Du musst einen neuen Lebensentwurf finden,
Ein Leben, das rein ist und dir entspricht,
Egal, was du gelernt hast

Oder was deine Kultur und die Gesellschaft
Dir vorgaben.
Wenn du dich darüber hinwegsetzt,
Dich von diesen Zwängen befreist,
Und sei es auch nur zum Teil,
Begründest du deine wahre Freiheit.
Und wenn du deine Sicherheiten loslässt
Und dich fremden Einflüssen entziehst,
Um das auszuleben, was stärker und dir angeboren ist,
Wirst du Entscheidungen treffen,
Die deinem Wesenskern entsprechen,
Ohne Angst vor fremden
Und auch den eigenen Blicken.«

Annabelle fühlte sich entlarvt und bloßgestellt, und ihre Empörung verhallte.

»Das ist ja alles ganz interessant«, murmelte sie. »Aber wie soll ich etwas anstreben, wenn ich gar nicht weiß, was es ist? Und außerdem – alles über den Haufen zu werfen, neu anzufangen: Das würde mindestens zwanzig Jahre dauern, und ich hätte keinerlei Garantien, dass es auch gelingt. Ich könnte an Altersschwäche sterben, noch bevor ich am Ziel bin.«

»Es gibt nichts,
Dessen du dir sicher sein kannst,
Aber auch keinen Grund, zu denken,
Das, was dir gefällt,
Nie zu erreichen,
Das, was dir Flügel verleiht
Und dir Gelassenheit bringt.
So wie ein Himmel voller Hagelwolken,
Schwarz und bedrohlich,
Unerwartet und unvermittelt
Innerhalb kurzer Zeit strahlend blau werden kann.
Du solltest vor allem
Ohne Angst und übertriebenen Eifer
Den Weg deines Herzens gehen.
Sobald du beginnst,
Auf deine inneren Sehnsüchte zu hören,
Wird das Glück in dein Leben kommen.«

Annabelle hatte reglos zugehört. Die Sätze, die sie eben vernommen hatte, spürte sie eher, als dass sie ihren Sinn verstanden hätte, sie musste mehr raten, als sie begreifen konnte. Sie hatte keine Fragen mehr, und das schien die Mohnblume zu spüren, denn sie gab ihr eine letzte Botschaft mit auf den Weg:

»Alles, was ich dir sagte,
Weiß dein armes Herz längst.
Doch gegen die Gitterstäbe deines Verstandes
Hatte es nie eine Chance.«

Dann bog die Mohnblume ihr Rückgrat unter der Last ihrer Blütenblätter und sank wieder ein Stück erdwärts.

Reglos an diesem außergewöhnlichen Ort zu bleiben, fühlte sich an, als würde man diesen Traum festhalten. Diesen Worten nachzulauschen, hielt die Verzauberung fest. Die wunderschönen Blumen zu betrachten, bedeutete, diesen harmonischen Bewusstseinszustand zu verlängern.

Während Annabelle weiter auf das Mohnblumenfeld schaute, verspürte sie ein herrliches Wohlbehagen.

Sie setzte sich in den Schneidersitz und meditierte. Zum ersten Mal in ihrem hektischen Erwachsenenleben. Eine oder auch zwei Stunden saß sie nur in einer glückseligen Reglosigkeit da.

Obwohl sie die Worte der Mohnblume so deutlich gehört hatte, gewann ihr Verstand nach und nach die Oberhand über das Herz, ihre Euphorie, ihre Aufrichtigkeit und ihre Arglosigkeit, und so kam es, dass die Magie zu schrumpfen begann und die Ekstase und das

Wohlgefühl nachließen, bis dieser wundervolle Moment komplett verblasste und in die Abgründe ihres streng logischen und rationalen Verstands verbannt wurde.

In gewisser Hinsicht war es gut so. Sonst wäre sie noch verrückt geworden und hätte an eine unmögliche, geradezu absurde Realität geglaubt.

Eine Blume kann nicht sprechen. Das ist unvorstellbar … Es ist ein Traum, nur ein Traum! Ein Traum wie viele andere.

Annabelle klammerte sich an diese Überzeugung und beschloss, dass es sinnlos wäre, sich lange mit einer Illusion abzugeben. Mehr noch – sie musste sie so schnell wie möglich wieder vergessen, weil sie all das sonst womöglich noch für real halten würde.

Langsam ging sie zuerst ein paar Schritte rückwärts, blieb dann aber wieder stehen. Sie zögerte, weil die Illusion so mächtig gewesen war, so hartnäckig versucht hatte, sie zu täuschen. Doch dann gab Annabelle sich einen Ruck, drehte sich entschlossen um und entfernte sich schnellen Schrittes von der Mohnblumenwiese.

Sie schloss die Augen, holte mehrmals tief Luft, schlug die Augen langsam wieder auf und blickte noch einmal zu den Mohnblumen zurück, die sich im leichten Wind wiegten.

»Tschüss, ihr Blumen!«, rief sie.

Annabelle fand den Hof wieder, nicht aber den Bauern. Geduldig wartete sie auf ihn, weil sie unbedingt noch ein paar Erklärungen brauchte.

Es war schon mitten am Nachmittag, als Georges endlich auftauchte.

»Ich dachte, Sie seien schon weg«, sagte er.

»Oh nein! Ich wäre auf gar keinen Fall gefahren, ohne Ihnen Lebewohl zu sagen, und außerdem … nach dem, was ich erlebt habe, wollte ich unbedingt noch einmal mit Ihnen reden.«

Sie sah ihn an und berichtete ihm, was sie erlebt hatte. Dann erzählte sie ihm von ihren Zweifeln.

»Eine sprechende Blume – so etwas kann es nicht geben, oder? Das muss ein Trick gewesen sein.«

»Ein Trick?«

»Ja … ich meine … Das war ja fast wie Zauberei. Sind Sie in Wirklichkeit ein Zauberer?«

Sie setzte ein breites fragendes Lächeln auf, während sie gespannt auf seine Antwort wartete. Doch dann ließ sie dem Bauern gar nicht die Zeit, etwas dazu zu sagen.

»Gut, andererseits hat sie keinen Unsinn geredet, diese Blume! Es war im Gegenteil alles sehr wahr, sehr zutreffend, sehr … was weiß ich!« Annabelle schluckte. »Aber gut«, fuhr sie fast flehentlich fort, »sagen Sie mir, dass es ein Trick war, denn wenn es anders wäre, würde ich noch ratloser von hier wegfahren, als ich hergekommen bin.«

»Wenn ich Sie recht verstanden habe, hat die Mohnblume mit Ihnen gesprochen?«

Annabelle nickte.

Er verspürte eine tiefe Zufriedenheit.

»Nun, nur darauf kommt es an!«, erwiderte er lächelnd.

»Nein, darauf kommt es nicht an!«, fuhr sie ihn an. »Ich muss unbedingt wissen, woher diese Stimme kam, diese Aussagen, diese Fähigkeit, meine Gedanken zu lesen. Nur das zählt! Mehr als alles andere!«

»Ah, das beschäftigt Sie?«

»Richtig!«

Annabelle sah ihn flehentlich an.

»Das kann ich Ihnen leider nicht erklären.«

Als sei es offensichtlich, fuhr er fort: »Ich habe schon immer mit Blumen geredet, und sie haben mir schon immer geantwortet. Allerdings habe ich mir nie die Frage gestellt, ob es überhaupt möglich ist, sonst müsste ich logischerweise an den menschlichen Fähigkeiten zweifeln … und an meinem gesunden Menschenverstand.«

Enttäuscht darüber, dass Annabelle sich so sehr an die Logik klammerte, drehte er sich wortlos um und ging sichtlich verärgert ins Haus. Nach kurzer Zeit kam er mit einem großen Glas Honig zurück.

Annabelle stand noch neben ihrem Wagen, und Georges ging auf sie zu und streckte ihr das Glas entgegen.

»Hier, das ist Honig aus der Gegend. Sie werden sich bei jedem Löffel an diese Landschaft hier erinnern, an die schönen Worte dieser Blumen, und an das, was passiert ist und das Sie nicht glauben wollen.«

Annabelle begriff, dass ihr Besuch für Georges mit diesem Geschenk beendet war. Enttäuscht und ratlos nahm sie das Honigglas entgegen, murmelte einen schwachen Dank, stieg in ihren Wagen und fuhr davon.

Auf der Fahrt nach Paris ließ sie sich die Worte der Mohnblume noch einmal durch den Kopf gehen. Und wieder redete sie sich ein, dass sie das Ganze nur geträumt hatte. Sie sagte sich, dass sie auf der Wiese vermutlich eingeschlafen war, mehr nicht. Doch um sie nicht zu enttäuschen, hatte der Bauer sie darin bestätigt, dass es kein Traum gewesen war.

9

Als sie sich der Hauptstadt näherte, merkte Annabelle, dass sie die Hände um das Lenkrad krallte, als würde sie in den Krieg ziehen. Und diese Assoziation war durchaus zutreffend, denn die Bank, die sie gegründet und zu einer der bedeutendsten gemacht hatte, ließ ihr so gut wie keine Atempause.

Nachdem sie ihre Schulzeit zum Stolz ihrer Eltern bravourös gemeistert hatte, hielt sie sich auch weiterhin an das ehrgeizige Szenario, das sie ihr vorgezeichnet hatten. Annabelle hatte sich ihre Vorstellungen und Arbeitsbesessenheit zu eigen gemacht und gewissenhaft und fügsam die Stufen zum Erfolg erklommen. Als sie mit dreißig zur Leiterin der Finanzabteilung einer großen Bank ernannt wurde, waren ihre Eltern über diesen ersten Erfolg überglücklich gewesen und ermunterten sie, nun an die Familienplanung zu denken. Wieder fügte Annabelle sich ihren Wünschen und heiratete ein paar Jahre später, eher weil ihre Eltern sie dazu drängten als aus eigenem Antrieb.

Dann kam Léna auf die Welt, ein hübsches kleines Mädchen, über deren Geburt Annabelle sich sehr freute. Doch sie merkte bald, dass sie den Verpflichtungen, die eine Mutterschaft nun einmal mit sich brachte, nicht in ausreichendem Maße gerecht werden konnte. Dies wurde nahezu unmöglich, als Annabelle sich zwei Jahre später selbstständig machte und ihr eigenes Unternehmen gründete, eine Bank, die sich auf hochrentable Finanzprodukte spezialisierte. Ob die Welt ein solches Unternehmen brauchte, war nebensächlich. Wichtig war nur, dass Annabelle unglaublich gut verdiente, denn Reichtum war der beste Beweis für sozialen Aufstieg.

Sie steckte ihre ganze Energie in ihr Unternehmen, vergaß darüber ihren Ehemann und hatte auch viel zu wenig Zeit für ihre Tochter. Kein Wunder, dass der vernachlässigte Mann sie irgendwann verließ, was sie in ihrem ganz auf die Karriere ausgerichteten Leben jedoch nur am Rande zur Kenntnis nahm. Es kam zu einer schnellen Scheidung, und sie vereinbarten ein gemeinsames Sorgerecht – ein minimaler Kompromiss, mit dem Annabelle versuchte, ihren beruflichen Ehrgeiz und die Liebe zu ihrer Tochter miteinander in Einklang zu bringen.

Doch je größer ihr Unternehmen wurde, desto stärker nahm es sie in Anspruch und umso kostbarer und seltener wurden die Stunden, die sie der kleinen Léna widmen konnte. Die hochgesteckten Ziele ihrer Eltern entpuppten sich als gefährlicher Strudel, der Annabelle zu verschlingen drohte, ohne dass sie es bemerkt hätte. Seelisch zumindest. Denn nach außen hin wirkte Annabelle glücklich und zufrieden, sie war bestens in die Pariser Gesellschaft integriert und hatte einen ausgezeichneten Ruf.

Doch als ihr Unternehmen schließlich zu den besten Adressen der Hochfinanz gehörte – eine grandiose Leistung, die ihr endgültig den Respekt ihrer Eltern einbrachte –, konnte Annabelle plötzlich nicht mehr schlafen. Und dann hatte ein Funken, nämlich die unbedachte Äußerung von Béatrice, ausgereicht, um Annabelle zu einer völligen Infragestellung ihres bisherigen Lebens zu veranlassen.

Zurück in Paris, hatte Annabelle anfangs nicht die Kraft, sich gleich wieder in ihre Arbeit zu stürzen. Außerdem käute sie im Geiste ständig die Sache mit der sprechenden Mohnblume wieder, die sie etwa so glaubwürdig und plausibel fand wie ein fliegendes Kamel. Sie nahm sich immer öfter ganze Tage frei und betraute einen ihrer Direktoren mit der Geschäftsführung, um Nachforschungen in Sachen Blumen anzustellen.

Der erste ihrer Besuche galt ihrem alten Freund Charles de Puyguillaume, der sie an einem Nachmittag im Juli empfing. Dieser große, elegante, schlanke Mann von fünfundvierzig Jahren, mit bereits schütterem Haar, war ein großer Rosenliebhaber und Rosenkenner.

In seinem Garten bewunderte Annabelle seine Blumen, deren Schönheit, Farbe und Wohlgeruch. Als sie ihm anschließend ein paar Fragen stellte, erklärte er ihr, dass Rosen durchaus lebende Organismen sind, die beim ersten Tageslicht erwachen, die Sonne genießen und einschlafen, wenn sich die ersten Sterne am Himmel zeigen. Er vertraute ihr auch an, dass er ständig mit ihnen redete und ihnen jeden Morgen ein paar Gedichte von Ronsard vortrug.

Er sagte, dass er ihnen oft aus seinem Leben erzählte, von seinen Eskapaden, Ängsten und Freuden. Die Blumen waren für ihn wunderbare Vertraute.

Daraufhin stellte Annabelle ihm indirekt die Frage, die ihr auf den Nägeln brannte: »Zu schade, dass sie nicht antworten und dir von ihrem Leben erzählen können, nicht wahr? Man stelle sich das mal vor! Wäre es nicht unglaublich?«

»Ja, das wäre sensationell. Dann könnten sie uns erzählen, was für eine Beziehung sie mit den Bienen haben, ob sie sich mit anderen Blumen streiten, aufeinander neidisch sind, ob sie Regen oder Sonnenschein lieber haben, und natürlich auch die für mich wichtigste Frage beantworten: Spüren sie, wie sehr ich sie liebe?«

Er verzog das Gesicht und fügte noch hinzu: »Aber sprechende Blumen, meine liebe Annabelle, gibt es leider nicht. Das ist unvorstellbar und wird für immer ein Traum bleiben.«

Nach dieser betrüblichen Aussage blieb Annabelle nicht mehr lange. Sie hatte auf ein Indiz, ein Geständnis, ein Wunder gehofft. Doch der gute Charles, der ganz vernarrt in seine Blumen war, hörte sie nie sprechen. Wie konnte es dann sein, dass sie, Annabelle, ein absoluter Laie im Umgang mit Blumen, diese Gabe besaß? Sie hatte sich wohl vergebens Hoffnungen gemacht.

Trotzdem forschte sie in den folgenden Tagen eifrig weiter, befragte Gärtner und Floristen, Botaniker, Diplom-Landwirte und Naturforscher, durchforstete das Internet und die Nationalbibliothek. Vergebens! Keiner hatte je von sprechenden Blumen gehört, und auch in Büchern war nicht einmal ansatzweise die Rede davon.

Schließlich blieb ihr nichts anderes übrig, als sich an ihre alte Freundin Laurence zu wenden, auch auf die Gefahr hin, dass diese sie für verrückt erklären würde.

Laurence Servigny, eine liebevolle Mutter und Ehefrau, war bekannt dafür, dass sie stets Rat wusste. Und an einem Tag mit Nieselregen gingen sie zusammen Mittag essen. Annabelle kam recht schnell auf ihr vor Kurzem erlebtes Abenteuer zu sprechen, das sie so ratlos zurückgelassen hatte.

Laurence antwortete etwas zögernd: »Deine Geschichte erinnert mich an ein Chanson von Françoise Hardy – ›Mon amie la rose‹, das du bestimmt auch kennst. Darin heißt es so ähnlich wie: ›Wir sind so unbedeutend, und meine Freundin, die Rose, hat es mir heute Morgen gesagt …‹«

Annabelle nickte und lächelte voller Erleichterung, weil sie dachte, die Freundin würde sie verstehen und könne ihr helfen. Doch dann merkte sie, dass Laurence es eher ironisch als empathisch gemeint hatte. Die Freundin wusste, dass Annabelle ein verrücktes Leben führte, und ahnte, dass sie kurz vor einem Burn-out stand. Einfühlsam und vorsichtig erklärte sie ihr, dass jeder im Laufe seines Lebens Höhen und Tiefen hatte. Und dass Annabelle sich derzeit offenbar an einem Tiefpunkt befände. Sie müsse unbedingt etwas tun, um wieder klarer zu sehen und aus ihrem Tief herauszukommen. Sie habe einen guten Bekannten, dem Annabelle vertrauensvoll ihr Herz ausschütten könne, und sie solle doch einen Termin bei ihm machen.

In ihrer inneren Zerrissenheit folgte Annabelle diesem Rat und rief bald bei Laurence' Bekanntem an.

Er war Psychiater.

Nach zwei Sitzungen diagnostizierte er bei ihr eine Depression aufgrund auditiver Halluzinationen. Und er verschrieb ihr starke Antidepressiva.

Und tatsächlich – innerhalb weniger Wochen legte sich Annabelles innere Zerrissenheit.

Der Psychiater schaffte es auch, sie zur Einsicht zu bringen: Nach einer Hypnosesitzung war sie davon überzeugt, dass die Unterhaltung mit der Mohnblume nie stattgefunden hatte, dass dieser Traum zwar ganz nett, aber eben nur ein Traum gewesen war.

Das alles führte dazu, dass Annabelle wieder besser schlafen konnte, ihre Kräfte wiederfand und sich erneut in ihre Arbeit stürzen konnte. Sie setzte sich wieder verstärkt für die Belange ihrer Bank ein, um noch mehr zu verdienen und noch erfolgreicher zu werden. Beinahe wie früher, aber nur beinahe, denn sie spürte sehr wohl, dass sich in ihrem Hinterkopf hin und wieder ein leises Stimmchen meldete – ähnlich lästig wie ein Kieselstein im Schuh.

II

10

Zwanzig Monate vergingen.

Melchior, der Georges Lesage so lange begleitet hatte, länger als sein Hund Homer, hatte die ganze Nacht gebrüllt und war an einem düsteren Märzmorgen verstorben.

Der Tod seines ältesten Arbeitsgefährten stürzte den Landwirt in tiefe Trauer. Vor seinem steif daliegenden Ochsen ging er im Stall auf ein Knie, legte die rechte Hand an die Flanke des Kolosses, senkte den Kopf und rührte sich lange Zeit nicht mehr.

Eine ganze Stunde lang verharrte er so neben seinem Tier.

Dann, als seine Augen wieder trocken waren, obschon sein Herz noch immer schwer und untröstlich war, grub er auf der Wiese neben seinem Haus ein tiefes Loch, ließ Melchior von seinen anderen Ochsen zu dieser Stelle ziehen und vergrub ihn dort.

An Melchiors Grab, das neben einigen anderen in einer Reihe lag, tat der Bauer das, was er immer getan hatte: Er pflanzte zum Gedenken einen jungen Apfelbaum.

Der Winter hielt sich hartnäckig in der Hochebene von Langres. Nebel und Frost krallten sich in die Erde und Bäume und hielten den Frühling fern.

Eines Morgens kam Georges' Cousin Lucien zum Hof, um ihm wie üblich die vereinbarten Lebensmittel zu bringen. Lucien sah das Feuer in dem offenen Kamin und sagte sich, dass die Trauer vorbei sein mochte, der Kummer aber vermutlich noch nicht. Er wusste, dass Georges seine Freundschaften wie seinen Grund und Boden hegte und pflegte und dass er aus Treue jeden Tag eine Gedenkminute für seine verstorbenen Freunde einlegte, insbesondere für diejenigen, die als Letzte von ihm gegangen waren.

»Wie fühlst du dich?«, fragte er.

»Das Traurige ist, dass er vor mir gegangen ist.«

»Im umgekehrten Fall wäre er traurig gewesen, während du friedlich unter der Erde liegen würdest.«

»Das stimmt.«

»Du hast diese Woche nicht viel gegessen. Das Brot ist hart.«

»Ja, stimmt … Tut mir leid.«

»Ich werde es an meinen Esel verfüttern.«

»Da wird er sich freuen.«

»Ich lege dir einen frischen Laib hin.«

»Danke. Wird schon wieder«, sagte Georges, um seinen Cousin zu beruhigen.

»Na hoffentlich! Draußen ist es noch bitterkalt … und du bist keine zwanzig mehr.«

Georges Lesage hatte zu Beginn des Winters angefangen, seine botanischen Erfahrungen und seine philosophischen Gedanken niederzuschreiben.

Notizen auf Papier, das schmutzig und zerknittert wie Leinen war, füllten inzwischen eine ganze Futterkrippe im Wohnzimmer. Seit achtzehn Monaten, genau genommen seit Annabelles Besuch, hatte er wahllos alle Gedanken gesammelt, die ihm in den Sinn kamen.

Eines Abends im Dezember hatte er all diese Zettel vor dem offenen Kamin ausgebreitet und in den darauffolgenden Tagen sortiert, geordnet und so zusammengestellt, dass er einen Überblick bekam.

Nun wollte er alles in ein zweckentfremdetes Saatgutheft übertragen. Vorn auf den Umschlag hatte er nach mehrmaligem Zaudern geschrieben: *Gedanken über das Leben, seinen Sinn und seine Bestimmung.*

In der Einleitung schilderte er seine Kindheit und Jugendjahre und die paradoxe Erziehung, die ihm zuteilgeworden war. Er hatte schon in jungen Jahren beide Eltern verloren und wurde von seiner Tante und seinem Onkel aufgezogen. Sie war eine rational denkende, bescheidene, großherzige katholische Grundschullehrerin gewesen, er Landwirt und ein Mensch, der sich von seinen Instinkten leiten ließ; er hatte keine höhere Schule besucht, war oft in Gedanken versunken und Atheist. Georges hatte die Eigenschaften von beiden zu gleichen Teilen geerbt, was zu einem intellektuellen und kulturellen Spagat geführt hatte.

Nach diesen einleitenden Erklärungen schilderte er das unkonventionelle Vermächtnis seines Onkels und dessen erstaunliche Fähigkeit, die Natur zu verstehen. Er hörte sie leben und kommunizierte mit ihr.

Doch als Georges die Schule besuchte und mit anderen Kindern in Kontakt kam, merkte er schnell, dass es als anormal galt, Pflanzen sprechen zu hören. Wann immer er es erwähnte, erntete er nur Unverständnis und Spott.

Eine Zeit lang hatte er gedacht, dass die Natur bei seinem Onkel so speziell war, auf seinem Land und auf seinen Wegen, weil er sie vermutlich domestiziert hatte. Doch als er älter wurde, hatte er gemerkt, dass er die Natur hören konnte, wo immer er auch war, und dass er – abgesehen von seinem Onkel – der Einzige war.

Sein Onkel, dem er erzählt hatte, dass er die Blumen sprechen hören konnte, und den er gefragt hatte, warum das so war, hatte nur den Kopf geschüttelt. Er begriff nicht, was daran so ungewöhnlich sein sollte. Sein Onkel besaß eine Eigenschaft, die man sonst nur im Tierreich antraf: Er lebte rein intuitiv, aus dem Bauch heraus, ohne sich Gedanken über die Ursache oder die Folgen seiner Gabe und seines Tuns zu machen. Er lebte instinktiv, das war alles. An jedem einzelnen Tag zählte für ihn nur das Hier und Jetzt. Er war völlig mit der Natur verwurzelt, und das so intensiv, dass der Vortag für ihn schon am nächsten Tag nicht mehr existierte.

Statt die Fragen des kleinen Georges zu beantworten, hatte er ihn nur noch mehr mit der Natur vertraut gemacht, aus Angst, sein Neffe könne sich der »anderen

Welt« zuwenden, der Welt von Menschen, für die, wie er sagte, »nur die Menschen zählen, die absolut nichts kapieren und doch alles zu wissen glauben«. Und weil er den kleinen Georges schützen wollte, musste der ihm versprechen, in Zukunft für sich zu behalten, was er in der Natur hörte.

Georges wurde größer und mit ihm wuchs sein Geheimnis über eine Welt außergewöhnlicher und faszinierender Kommunikation. Jahrelang hielt er seine Zunge im Zaum, doch in den aufwühlenden Jahren der Pubertät wollte er herausfinden, ob nicht auch andere hören konnten, was er hörte. Er schlug den Rat seines Onkels in den Wind und führte etliche seiner Bekannten zur Mohnblumenwiese. Das waren Bauernjungen, sein Cousin Lucien, der spätere Buchhändler, seine Tante und einige seiner Lehrer; doch die Blumen hatten sich ihnen gegenüber nie geöffnet.

Für ihn, den intelligenten und ernsten jungen Mann, der er war, ein Schüler mit einem nunmehr gereiften Geist, war diese Erfahrung eine Offenbarung gewesen.

Ich begriff, schrieb er später, *dass ich eine einzigartige Gabe besaß, eine sensorische Dimension, die anderen verschlossen war. Und doch konnte ich diese ungewöhnliche Begabung nicht einfach so hinnehmen, wie ich in aller Unschuld das Geschenk des Lebens ange-*

nommen hatte. Ich wollte unbedingt begreifen, warum ausgerechnet ich der Einzige war: Warum ich und nicht auch die anderen? Ich kam zu dem Schluss, dass es eine Frage der Intuition sein musste, eine Art Telepathie, für die vermutlich irgendwelche Atome oder Schwingungen verantwortlich waren. Und ich hoffte, wenn ich mich mit Physik beschäftige, würde ich auf eine rationale Erklärung für dieses Phänomen stoßen …

Tatsächlich studierte der junge Georges später Physik an einer Universität, doch auch hier erhielt er keine Antwort auf seine Fragen.

Nach dem Studium kehrte er auf den Hof seines Onkels zurück und wandte sich der Welt der Bücher zu, um seinen Wissensdurst zu stillen, und auch in der Hoffnung, auf ähnliche menschliche Erfahrungen zu stoßen. Er las Hunderte von Büchern, geschrieben von Botanikern, Agronomen, Zoologen, Natur- und anderen Forschern, von Ökologen und auch Naturliebhabern ganz allgemein. Er abonnierte renommierte wissenschaftliche Magazine. Sein bester Freund, der Buchhändler, half ihm bei seinen Recherchen. Der war neben Georges' Adoptiveltern der Einzige, der sein Geheimnis kannte. Auf diese Weise füllte sich sein Haus mit einer beeindruckenden Sammlung an enzyklopädischen Werken über die Pflanzen- und Tierwelt.

Doch ungeachtet seines Eifers fand Georges in all diesen Büchern kein einziges Beispiel, das mit seinem vergleichbar gewesen wäre.

Erst vor Kurzem, im Alter von siebzig Jahren, war mit dem Auftauchen von Annabelle ein kleines Wunder geschehen. In seiner Zusammenfassung schilderte er ihre seltsame Begegnung folgendermaßen:

Sie besitzt eine unglaubliche Sensibilität. Als wir durch Zufall in die Nähe des Mohnblumenfelds kamen, wie hätte ich da der Versuchung widerstehen können, ihr diesen Vorschlag zu machen? Und obwohl sie ein Stadtmensch und eine feine Dame ist, so unvertraut mit der Natur, besitzt sie die, wie ich nach zahlreichen vergeblichen Versuchen mit anderen dachte, einmalige Gabe, die ich für eine Art genetische oder mysteriöse Veranlagung halte. Ich kann nicht beschreiben, wie glücklich ich war, als sie mir erzählte, was sie erlebt hatte, und ich dadurch entdeckte, dass die Kommunikation zwischen Mensch und Pflanzen doch möglich ist! Zu wissen, dass ich nicht mehr der Einzige bin, war für mich eine unglaubliche Erleichterung.

Doch angesichts ihrer Ungläubigkeit und ihrer Zweifel war er so enttäuscht und aufgebracht gewesen, wie er schrieb, dass er sich umgehend von ihr verabschiedet hatte. Aber als er in den darauffolgenden Wochen nichts mehr von ihr hörte, wünschte er sich, sie würde zurückkommen. Irgendwann erlahmte seine Hoffnung allerdings, und ihm war nur Bedauern geblieben – und die Befürchtung, dass er das große Geheimnis nun doch nicht aufdecken konnte.

11

Noch am Ende dieses Monats März zog Annabelle mit ihrer Tochter in Paris in eine luxuriöse Wohnung um.

Unzählige Male hatte sie schon von diesem Prestige geträumt. Es bewies, was sie alles erreicht hatte: Reichtum, Luxus und hohes Ansehen.

Doch sie musste feststellen, dass diese materiellen Dinge ihr nicht die erhoffte Seelenruhe verschafften. Annabelle nahm weiter jeden Morgen die verschriebenen Antidepressiva ein und ging Woche für Woche zu ihrem Psychiater, demselben seit nunmehr fast zwei Jahren.

Wann immer Annabelle bei den Therapiegesprächen auf die Schönheit von Blumen und deren Intelligenz zu sprechen kam, wischte er ihre Aussagen als »unbewusste Devianz« beiseite. Er wollte verhindern, dass sie wieder in ihre Wahnvorstellung von sprechenden Mohnblumen zurückfiel.

Unablässig erklärte er ihr, dass ihr derzeitiges Leben genau dem entsprach, was sie sich immer erträumt hatte. Und er schloss seine Ausführungen unweigerlich mit diesen erbarmungslosen Sätzen: »Was Realität ist, lässt sich in wenigen Worten zusammenfassen: Unsere Handlungen stehen für das, was wir sind. Anders gesagt: Was Sie tun, repräsentiert, was Sie sind. Alles andere ist belanglos.«

Aber genau das machte Annabelle zu schaffen: Sie fand in dem, was sie tat, keine Erfüllung.

Andernfalls würde ich nicht ständig infrage stellen, was für einen Sinn das alles hat, was ich tue, und ich bräuchte sicher auch keinen Psychiater.

Und sie stellte sich auch regelmäßig die Frage, ob ihre Therapie überhaupt sinnvoll war oder ob nicht der Therapeut an ihrer Verwirrung schuld war.

Und doch machte sie tapfer weiter, etwas lustlos zwar, aber stets bemüht. Sie hatte die vage Hoffnung, dass die Therapiegespräche ihr auf lange Sicht doch zu einem Leben ohne die ständigen Fragen, ohne Konflikte und ohne gefühlsmäßige Ausrutscher verhelfen würden. Ein bisschen wie früher, vor etwa zehn Jahren.

Paradoxerweise war sie damals die Karriereleiter hinaufgeklettert und hatte sich wohlgefühlt. Doch jetzt, da sie beruflich ganz oben angekommen war, stellte sie sich mehr Fragen als je zuvor. Ihr Erfolg hätte doch mit Freude und Zufriedenheit einhergehen müssen, oder? Doch das war komischerweise nicht der Fall.

In ihrer neuen Wohnung räumte Annabelle gerade die Küchensachen ein, als sie am Boden eines Kartons ein Honigglas fand – ohne Etikett. Es war noch ungeöffnet. Im Inneren befand sich eine feste, gelbliche Masse.

Sie drehte das Glas in den Händen und fragte sich, woher es kam und was sie damit machen sollte: wegwerfen oder in den Schrank stellen? Schließlich erwärmte sie den Honig im Wasserbad, damit er flüssig wurde, und ließ ihn dann wieder abkühlen.

Am nächsten Morgen, als die Küche endlich eingeräumt war, öffnete sie das Glas, tauchte einen Löffel in die klebrige Masse und führte ihn zum Mund. Als sie die zuckrige Süße auf der Zunge spürte, fiel sie bewusstlos und mit einem dumpfen Knall zu Boden.

12

Eine Stunde später schlug sie die Augen wieder auf.

Sie lag seltsamerweise in ihrer neuen Küche auf dem Boden, zwischen Glasscherben und Honig. Ihr Herz hämmerte bis in ihren schmerzenden Kopf, in dem alles verschmolz: Erinnerungen, Gedanken, Meinungen und Absichten.

Reglos blieb sie liegen und starrte ratlos auf die Honigmasse, die wie weiches Wachs glänzte. Neugierig steckte sie dann aber einen Finger hinein und schleckte ihn ab.

Beim köstlichen Geschmack des klebrigen Elixiers entfuhr ihr ein Aufschrei, weil auf einen Schlag so viele Erinnerungen auf sie einstürmten: der alte, groß gewachsene Landwirt, sein Hof und die sprechende Mohnblume.

Und die arme Annabelle, die seit fast zwei Jahren dazu angehalten worden war, dieses Erlebnis zu verdrängen, verlor den Boden unter den Füßen. Zwei Visionen, zwei Meinungen, zwei Wahrheiten stürzten auf sie ein, und sie war hin- und hergerissen. In ihrer Zerrissenheit begann sie plötzlich zu zittern. Je mehr sie versuchte, das Zittern unter Kontrolle zu bringen, desto stärker wurde es. Und es dauerte nicht lange, bis sie von Krämpfen geschüttelt wurde, die an den Füßen begannen und dann den ganzen Körper hochstiegen. Sie hatte das irritierende Gefühl, ihre Gliedmaßen würden sich ablösen und ein Eigenleben führen. Als diese Woge von Krämpfen ihr Gesicht erreichte, musste sich Annabelle endgültig eingestehen, dass sie rein gar nichts mehr unter Kontrolle hatte, und vor Schreck verlor sie erneut das Bewusstsein.

Als Annabelle am nächsten Morgen erwachte, lag sie immer noch auf dem Küchenfußboden und war mit Honig verschmiert.

Kurz vor dem Aufwachen hatte sie geträumt, wieder bei Georges Lesage zu sein, sich mit ihm zu unterhalten, in seinem Haus zu schlafen und sogar Gefühle für ihn zu hegen. Das, was sie geträumt hatte, duldete keinen Aufschub. Sie erhob sich genauso natürlich, als würde sie an einem normalen Morgen aus dem Bett steigen. Ohne sich an dem Honig zu stören, der an ihren Händen und an ihrer Kleidung klebte, eilte sie in den Flur, schnappte sich die Schlüssel und lief aus der Wohnung. In der Garage sprang sie in ihren Wagen und fuhr in Richtung Langres.

Den Hof des Bauern fand sie ebenso leicht wieder wie ein Pferd den eigenen Stall.

Vor dem Haus bremste sie mit quietschenden Reifen ab, sprang aus dem Wagen und rannte ohne anzuklopfen ins Haus.

13

Georges war da. Er saß in einem Sessel am Kamin und las ein Buch. Überrascht über diesen unerwarteten Besuch sprang er auf.

Als Annabelle ihn erblickte, fühlte sie sich schlagartig unwohl. Dieser Mann existierte tatsächlich, er war kein Traum, und bei dieser Erkenntnis begann sich ihr Kopf zu drehen. Sie geriet ins Schwanken und hielt sich rasch mit einer Hand an einer Futterkrippe fest, mit der anderen an einem Stapel Bücher, denn ihre Beine drohten erneut unter ihr nachzugeben. Doch das Festhalten nützte nichts. Annabelle sank zu Boden und riss ein paar Bücher mit sich, als sie auf die Knie fiel, mit einer Schulter gegen die Wand gestützt. Sie keuchte, ihr wurde schwarz vor Augen. Sie versuchte, etwas zu sagen, wollte eine Erklärung abgeben, doch ihre Lippen versagten ihren Dienst. Frustriert und mit tränenfeuchten Augen schloss sie die Lider, rollte sich zusammen und schlief ein.

Der alte Bauer trug Annabelle zum Sofa und bettete sie behutsam darauf. Doch als er sich wieder aufrichten wollte, stellte er zu seiner Überraschung fest, dass er sich nicht von ihr lösen konnte – diese bezaubernde Frau klebte förmlich an ihm fest. Er stutzte: Von einem derart starken Magnetismus hatte er noch nie gehört.

Als er nun über Annabelle gebeugt dastand, überlegte er fieberhaft, was die Ursache sein könnte. Und als er auf ihre beiden Körper schaute, die sich plötzlich nicht mehr trennen wollten, fiel sein Blick auf ihren zarten Hals, ihre rosigen Lippen, die langen Wimpern ... und er spürte das Verlangen, sie zu küssen.

Was ist nur mit mir los? fragte er sich mit klopfendem Herzen.

Doch Georges Lesage war ein Ehrenmann, kein ungehobelter Kerl, der sich nahm, was er wollte, ohne vorher zu fragen. Und er war nicht nur schüchtern und zurückhaltend, sondern vor allem galant. Diese Eigenschaft siegte stets über seine Gefühle, und manchmal bereute selbst er, dass er nicht direkter, spontaner oder draufgängerischer war.

Was um alles in der Welt würde ich zu ihr sagen, wenn sie genau bei diesem Kuss aufwachen würde?

Allein schon die Vorstellung, wie peinlich diese Situation wäre, löste das Problem. Und um nicht erneut in Versuchung zu geraten, zwang er sich, dieser nicht erkennbaren Umarmung schnell ein Ende zu setzen. Obwohl ihre Kleidung sich wie magisch anzuziehen schien, zog er, wie ein Faultier im Zeitlupentempo, seine klebenden Hände ganz langsam von Annabelles Rücken, löste sich von ihr und richtete sich auf.

Er brauchte eine Weile, bis er begriff, dass Honig die Ursache dieser rätselhaften Anziehungskraft war.

Behutsam deckte er seine Besucherin zu, mit einer Decke, die nach Heu duftete, setzte sich in seinem alten Sessel neben sie und beschloss, brav darauf zu warten, dass sie aufwachen würde.

»Guten Tag, Madame«, sagte er eine Stunde später, als sie die Augen wieder aufschlug.

Im ersten Moment war sie verwirrt und überrascht beim Klang dieser tiefen Stimme, doch als sie ihn dann erblickte, war sie erleichtert.

»Wie geht es Ihnen?«, erkundigte er sich besorgt.
»Gut … gut, danke.«
Sie zögerte, dann sagte sie verlegen:
»Ich muss mit Ihnen reden …«
»Gern, das wäre höchst angebracht!«, entgegnete er.

14

Annabelle konnte sich nicht daran erinnern, wie sie ins Haus gekommen war, und als Georges ihr erzählte, dass sie einfach hereingeplatzt war, war es ihr sichtlich peinlich. Doch dann kam sie umgehend auf den Grund ihres Besuchs zu sprechen.

»Vor nicht ganz zwei Jahren haben Sie mir den Vorschlag gemacht, mich einer Mohnblume anzuvertrauen. Ich habe es getan, doch seitdem werde ich fast verrückt.«

Sie starrte ihn an. Er schwieg.

»Und wissen Sie, warum?«, fragte sie.

»Ich kann es mir denken.«

»Weil Blumen in meiner Welt nicht sprechen können!«

Georges setzte die reuevolle Miene eines auf frischer Tat Ertappten auf, während er innerlich frohlockte. Endlich hatte er den einzigen Menschen, von seinem Onkel einmal abgesehen, wieder vor sich, der wie er selbst für die Weisheit von Blumen ein offenes Ohr hatte. Das musste gefeiert werden!

»Ich wollte mir gerade einen Zichorienkaffee machen, trinken Sie einen mit?«

Trotz ihrer Ungeduld nahm Annabelle das Angebot an. Als Georges aus der Küche zurückkam, fragte er: »Sie erinnern sich also daran, dass eine Blume mit Ihnen gesprochen hat?«

»Ja, ich meine … ja, ich glaube schon«, stotterte sie. »Oder sagen wir besser, dass ich es damals geglaubt habe … ich meine, dass ich geglaubt habe, es zu glauben … Aber gut, ich würde sagen, ja.«

Erleichtert stellte er die Kaffeeschale vor sie und sagte resolut: »Dann war es doch auch so, oder?«

»Wie können Sie da so sicher sein?«, fragte sie mit leicht aggressivem Unterton. »Sie waren nicht dabei!«

Annabelle wartete auf eine Erklärung des Bauern, doch die blieb aus. Deshalb setzte sie mit feuchten Augen und zitteriger Stimme selbst zu einer mühsamen Erklärung an.

Zuerst berichtete sie ihm in allen Details, wie ihre Begegnung mit der Mohnblume verlaufen war, und während sie erzählte, trockneten die Tränen, die sich in ihren Augen gesammelt hatten, ihre Stimme wurde fester, und ihr Herz schlug schneller. Doch kaum hatte sie geendet, verfinsterte sich ihre Miene, und sie schilderte ihre Verwirrung, ihre Ratlosigkeit, die Nachforschungen, die sie seither ergebnislos angestellt hatte, ihre Psychotherapie und kam schließlich auf das Honigglas zu sprechen, das ihr unerwartet in die Hände gefallen war.

Dann holte sie tief Luft.

»Ich möchte Ihnen gar nicht beschreiben, was ich in den letzten Stunden durchgemacht habe. Ich bin total durchgedreht. Sie haben ja gesehen, in welchem Zustand ich hier hereingeplatzt bin. Wissen Sie, diese Sache ist keine Bagatelle für mich. Deshalb flehe ich Sie an, mir zu helfen, ich muss es endlich begreifen. Sie müssen mir die Wahrheit sagen, die ganze Wahrheit.«

Georges fand, dass Annabelle ganz schön kompliziert war, wenn sie nicht glauben wollte, was sie gehört hatte. Warum konnte sie die klaren Worte der Blume nicht akzeptieren? Warum begriff sie nicht, wie wertvoll die Gabe war, mit Blumen kommunizieren zu können?

»Die Wahrheit«, begann er vorsichtig, »ist das, was

Sie erlebt haben, auch wenn Sie bezweifeln, dass es so etwas geben kann. Die Wahrheit liegt immer vor unseren Augen. Sie zeigt sich jedem, liegt offen vor uns. Wir können uns natürlich weigern, sie zu akzeptieren, weil sie vielleicht nicht in unser Weltbild passt, nicht der Norm entspricht oder einfach nur außerhalb unserer Vorstellungskraft liegt und dessen, was wir zu wissen glauben. Wenn die Wahrheit derart rigoros infrage gestellt wird, hält man sie für eine Fata Morgana, eine Halluzination und manchmal auch für eine Lüge. Eine Blume, die sprechen kann – für Sie ist es unmöglich, in meiner Welt dagegen absolut normal. Sie können mich jetzt natürlich für einen Spinner halten. Aber wenn Sie das, was Sie selbst erlebt und gespürt haben, auch nur für halbwegs glaubwürdig halten, bedeutet es lediglich, dass die Welt anders ist, als Sie bisher dachten, intelligenter, als man es Ihnen beigebracht hat, überraschender, subtiler und wunderbarer. Aber genau das wollen Sie sich offenbar nicht eingestehen.«

Mit einem liebenswürdigen Lächeln sah er Annabelle an.

»Wir können nur festhalten«, sagte er weiter, »dass wir zwei unterschiedliche Auffassungen der Wirklichkeit haben. Das ist merkwürdig, nicht wahr? Und es stellt sich die Frage, wer von uns beiden recht hat.«

Er nahm sich die Zeit, einen Schluck zu trinken, ehe er fortfuhr: »Was ich aber so paradox finde, ist, dass Sie im Gegensatz dazu so viele Ungewissheiten akzeptieren.«

»Was wollen Sie damit sagen?«

»Haben Sie studiert?«

»Ja, Wirtschaftswissenschaften.«

»Daraus schließe ich, dass Sie ein eher logisch und rational denkender Mensch sind, nicht wahr?«

»Stimmt.«

»Glauben Sie an Gott?«

»Nein. Ich glaube nicht … Ich meine, ich glaube nicht, dass ich an ihn glaube.«

»Sieh an! Sie haben fast dieselben Worte benutzt, als Sie über Ihre Verbindung mit der Mohnblume sprachen.«

»In der Tat.«

»Sie wissen schon, dass viele rationale und intelligente Menschen an Gott glauben?«

Annabelle nickte.

»Dabei gibt es für die Existenz Gottes, sei es nun der Gott der Christen, der Muslime, der Juden oder anderer Religionen, nicht den kleinsten wissenschaftlichen Beweis, richtig?«

»…«

»Und doch werden Menschen, die sich vor Gott niederknien, ihn anbeten, seine Hilfe erflehen, auf seine Barmherzigkeit hoffen, nicht als verrückt bezeichnet. Sie gelten im Gegenteil aufgrund ihres Vertrauens in einen absolut hypothetischen Gott häufig als ernsthafte, ehrenwerte Menschen mit einer beispielhaften Lebensphilosophie …«

»…«

»Und ist es nicht eigenartig, dass jene, die nicht an Gott glauben und behaupten, dass es nicht den kleinsten Beweis für seine Existenz gibt, lange Zeit als Ketzer beschimpft wurden, als Ungläubige, die geächtet und auf die schlimmstmögliche Art bestraft werden mussten – sprich: auf den Scheiterhaufen gehörten. Und das ist immer noch mehr oder weniger aktuell, je nachdem, in welchem Land wir uns befinden, richtig?«

»Ja.«

»Gut, die Verbindung zu einer Blume hat nichts mit Religion zu tun. Aber ist es nicht ebenso vernünftig, zu glauben, dass eine Blume sprechen kann, nachdem man sie gehört hat, wie an einen Gott zu glauben, den kein Mensch je gesehen oder gehört hat? Von wenigen Ausnahmen mal abgesehen, deren Aussagen jedoch nie überprüft werden konnten.«

Annabelle schwieg. Deshalb argumentierte Georges gelassen weiter: »Es ist die Tatsache, dass Sie glauben, allein zu sein mit Ihrer Erfahrung, die Ihnen zu schaffen macht. Das lässt Sie glauben, dass das, was Sie erlebt haben, nicht wahr sein kann, sonst würde ja jeder mit der Pflanzenwelt kommunizieren können. Sie stehen mit Ihrer Erfahrung allein da, während die Menschen, die an Gott glauben, sehr zahlreich sind – es sind Milliarden von Männern und Frauen, und das seit Jahrhunderten. Und weil der Glaube an einen Gott ein Massenphänomen ist, denken die Gläubigen, dass sie recht haben: Die Ungewissheit bezüglich der Existenz eines göttlichen Wesens wird zu einer Gewissheit. Genau umgekehrt wie in Ihrem Fall.«

Annabelle erkannte sehr wohl, wie logisch seine Ausführungen waren, dennoch blieb sie unsicher und misstrauisch.

»Sie scheinen nicht viel von Religion zu halten«, sagte sie.

»Wenn Sie sich da nicht täuschen! Ich habe die Religion in diesem speziellen Kontext und im Zusammenhang mit Ihrer Frage nur angesprochen, um die beiden Positionen miteinander zu vergleichen. Im Grunde kann der Glaube nicht infrage gestellt werden, weil es keine Beweise für das Gegenteil gibt. Aber solange man damit niemandem schadet, was gäbe es da auszusetzen?«

»Das ist nicht immer der Fall«, bedauerte sie. »Unglücklicherweise.«

»Um zu den Blumen zurückzukommen: Ihr Vergleich mit den Religionen ist zwar interessant, aber noch lange kein Beweis dafür, dass die Blume wirklich zu mir gesprochen hat.«

»Das stimmt.«

»Am besten wäre es vielleicht, wenn ich das Experiment mit der Mohnblume noch einmal wiederhole.«

Der Bauer schlürfte an seinem Zichorienkaffee, bevor er sagte: »Richtig! Es gibt da allerdings ein Problem, und zwar kein kleines: Die Mohnblumen blühen noch nicht. Erst in etwa einem Monat.«

»Oh nein!«

»Doch. Aber Sie könnten zu den Anemonen gehen. Sie blühen bereits.«

»Wie?! Anemonen? Wollen Sie etwa behaupten, dass die ebenfalls sprechen können?«

»Ganz recht.«

»Ähm ... Und gibt es noch mehr Blumen, die ich hören könnte?«

»Ja.«

»Wie viele?«, fragte sie aufgeregt.

»Alle, ehrlich gesagt. Ich behaupte, dass alle blühenden Pflanzen reden können. Tausende von Arten.«

Annabelle prustete los, es war ein nervöses Lachen.

»Wollen Sie damit sagen, dass ich mit allen blühenden Blumen reden könnte wie mit irgendeiner Person, die ich auf der Straße treffe?«

»Das ist sehr wahrscheinlich.«

»Ich laufe fast täglich an Blumen vorbei, habe aber noch nie etwas gehört … Wieso?«

»Weil Sie nie daran geglaubt haben, dass es möglich ist, und das hat Sie taub gemacht. Sie waren nicht auf ›Empfang‹.«

»Auf Empfang?«

Annabelle saß aufgeregt auf dem Sofa, und in ihre Wangen kehrte endlich wieder etwas Farbe zurück.

»Auf Empfang für Ihre Umwelt, für alles, was Sie umgibt, die Natur«, antwortete Georges. »Sie wirken angespannt, nur auf sich selbst konzentriert, auf Ihr Wissen, Ihre Überzeugungen, Ihre Pläne. Das soll keinesfalls eine Kritik sein, lediglich eine Beobachtung. Ihre Sinne sind verkümmert, genau wie Ihre Sensibilität. Sie hören vermutlich nicht mal das Rauschen der Blätter im Wind oder das Gezwitscher der Spatzen bei Sonnenaufgang. Und was Ihre kindliche Unschuld betrifft, so vermute ich, dass auch die restlos verschwunden ist.«

»Sie meinen, dass es einer kindlichen Unschuld bedarf, um die Blumen sprechen zu hören?«

»Ja, ich gehe davon aus, dass man so ›naiv‹ sein muss wie ein Kind, das noch für alles offen ist, für alles, was denkbar, möglich, zugänglich ist.«

»Das würde bedeuten, dass ich vor zwei Jahren noch unschuldiger und leichtgläubiger war als heute, richtig?«

»Durchaus möglich ...«

Annabelle runzelte die Stirn.

»Ich merke Ihre Zweifel«, sagte Georges bedächtig. »Aber Sie müssen begreifen, dass wir alle, und damit meine ich alle lebenden Organismen auf diesem Planeten, ursprünglich eine gemeinsame Abstammung haben. Wir bestehen alle aus den gleichen Atomen, den gleichen Elementarteilchen, den gleichen Grundpfeilern, aus denen das gesamte Universum besteht. Folglich wäre es ganz normal, dass unterschiedliche Arten miteinander kommunizieren können, und – allgemeiner gesagt – alle mit allem. Ob wir diese Kommunikation nun Intuition, Empfindung, Schwingung, Strahlung, Worte, Geräusche, Bewegungen, Strömung, Kraft, Energie oder wie auch immer nennen, spielt keine Rolle. Voraussetzung für die Kommunikation sind nur eine gewisse Sensibilität, Empathie und Empfangsbereitschaft. Dank dieser Eigenschaften harmonieren Tiere und Pflanzen miteinander und sind ganz und gar voneinander abhängig. Ein Beweis für diese unsichtbaren Kräfte ist zum Beispiel, dass in Afrika, am Ende der Trockenzeit, manche Tiere instinktiv wissen, wo der erste Regen fallen wird, obwohl es jedes Jahr ein anderer Ort ist. Oder was veranlasst manche Fische, Schmetterlinge, Vögel und viele andere Tiere dazu, auf Wanderschaft zu gehen und immer den richtigen Weg zu finden? Es ist genau das, was auch die Menschheit veranlasst hat, eine Vielzahl von komplexen Ausdrucksformen zu entwickeln. Wir wissen nur wenig über die Kommunikationsmöglichkeiten in der Natur und über die Intelligenz aller Lebewesen. Doch es ist nicht zu leugnen, dass beides verbreiteter ist, als wir gemeinhin annehmen.«

15

Die Zeit verging wie im Flug, und es wurde allmählich Abend, während sie sich angeregt unterhielten. Annabelle strich mit den Fingerspitzen über ihre Decke, fühlte sich angenehm entspannt und wünschte sich, diese friedlichen Stunden würden niemals enden.

»Sie haben ein beeindruckendes Wissen über dieses Thema.«

Er nickte und zuckte mit den Achseln.

»Wenn jeder mit der Natur kommunizieren könnte, würde mich das Ganze weniger interessieren. Doch abgesehen von meinem Onkel, mir selbst und inzwischen auch Ihnen habe ich nie jemanden getroffen, der die Blumen hören kann.«

»Wirklich?«

»Ja … und ich habe mein Leben lang versucht, den Grund dafür herauszufinden.«

»Vielleicht sind wir ja verrückt?«

Er schmunzelte.

»Kann sein … aber das bezweifle ich. Sehr viele der Bücher in diesem Haus beschäftigen sich mit Naturwissenschaften, speziell dem Studium der Pflanzenwelt. Der Mensch war lange Zeit davon überzeugt, das einzig intelligente Wesen auf diesem Planeten zu sein, und davon, dass Tiere sehr viel weniger und die Pflanzen gar keine Intelligenz besitzen. Bis vor einigen Jahrzehnten wurde jeder, der von der Intelligenz der Pflanzenwelt redete, von den Wissenschaftlern ausgelacht. Heute gibt man ihnen recht.«

»In Bezug auf Pflanzen?«

»Nicht nur. Alle Pflanzen besitzen Gespür, sie können lernen, sich erinnern, sind schlau und raffiniert. Bei Blumen ist es am deutlichsten zu erkennen. Sie nutzen ihren Scharfsinn, um Bienen, Schmetterlinge, Marienkäfer und viele andere Insekten anzulocken, und das allein zum Zweck der Fortpflanzung. Alles ist wohlüberlegt: Farbe, Duft, Form, das Verfahren der Bestäubung und der Verbreitung. Es existieren so viele Strategien, wie es Blumenarten gibt. Doch Blumen sind nicht die Einzigen, die wundersame Eigenschaften haben. Sehr viele Pflanzen programmieren ihre Samen. Haben Sie schon gewusst, dass sie die Samenkörner befähigen können, jahrelang in der Erde zu schlummern, bis die äußeren Umstände zum Keimen optimal sind? Manche Samen können Jahrhunderte und sogar Jahrtausende schlummern. Und auch in diesen langen Zeiträumen bleibt wundersamerweise das Leben in ihnen erhalten. Diese Eigenschaft besitzen wir Menschen nicht.«

»Und selbst wenn wir uns einfrieren ließen, wären wir nach dem Auftauen vermutlich nicht mehr am Leben«, warf Annabelle ein.

»Höchstwahrscheinlich nicht … Unsere Technik ist noch nicht so weit fortgeschritten, aber dennoch erlauben wir uns, auf andere lebende Organismen hinabzuschauen, die diese Fähigkeit entwickelt haben.«

Erneut goss er Zichorienkaffee nach.

»Und das ist noch nicht alles: Pflanzen kommunizieren miteinander. Mittels chemischer Substanzen, die sie absondern und aufnehmen, tauschen sie sich mit ihrer Umgebung aus, in der Luft und in der Erde. Sie interagieren miteinander – aber nicht nur das. Sie können auch mit Tieren kommunizieren und beispielsweise gewisse Insekten anlocken, natürliche Feinde ihrer eigenen Feinde. Wenn nötig, können sie auch mit der Tierwelt kommunizieren. Warum also sollten sie es nicht auch mit uns Menschen tun, vorausgesetzt, wir sind dazu bereit und offen dafür, sie zu hören.«

Georges genoss Annabelles Anwesenheit, ihren Charme, ihre Fragen und ihre Unterhaltung. Um diese kostbaren Stunden zu verlängern, lud er sie, obschon etwas umständlich, zum Abendessen ein und bot ihr an, oben in dem Zimmer, das sie bereits kannte, zu übernachten.

Sie nahm die Einladung spontan an, ein bisschen zu spontan, wie sie selbst fand, was normalerweise absolut nicht ihre Art war.

»Könnten Sie mir vielleicht ein paar Sachen leihen?«, fragte sie. »Ich bin total klebrig …«

»Aber natürlich! Daran hatte ich nicht gedacht.«

Sie gingen die alte Holztreppe mit dem geschwungenen, etwas wacklig aussehenden Geländer hinauf.

Im Flur des oberen Stockwerks öffnete der Bauer die quietschenden Türen eines alten Schranks: Ein angenehmer Holzgeruch breitete sich aus. In dem Schrank lagen perfekt gefaltete Wäschestücke. Georges wählte ein paar davon aus und drehte sich damit zu Annabelle um.

»Ich habe die kleinsten Sachen ausgesucht, aber vermutlich sind sie Ihnen trotzdem viel zu groß!«

Dann führte er sie in sein Gästezimmer und sagte ihr, wann das Abendessen fertig sein würde.

16

Das Kochen war nicht Georges' Stärke, doch bei dieser Gelegenheit strengte er sich besonders an. Er stellte große Teller unter die kleinen und versuchte sich mit püriertem Gemüse, was seine Tante so oft gekocht hatte.

Als das Essen fertig und der Tisch gedeckt war, wartete er geduldig auf Annabelle.

Wenig später erschien sie und sah in der viel zu großen Kleidung, seiner langen braunen Hose, dem dicken Karohemd und seinem Pullunder, etwas verloren aus. Er wagte kaum, sie anzublicken, weil es ihn nervös machte, sie in seinen Sachen zu sehen.

Sie setzten sich an den Tisch.

»Sie haben ein großes Haus«, bemerkte Annabelle. »Haben Sie schon immer allein gelebt?«

»Nun ja … nicht ganz allein. Ich wohne hier mit meinen Gefährten.«

»Sie sprechen von Ihren Tieren?«

»Genau.«

Einen Moment zögerte sie und fragte dann: »Und … ähm … haben Sie Kinder?«

Er stellte das Kauen ein und zog eine Augenbraue hoch.

»Entschuldigen Sie«, sagte Annabelle. »Ich bin indiskret.«

»Fragen darf man, das ist nichts Schlimmes«, sagte er und hielt sich eine Hand vor den Mund.

Er nahm sich die Zeit, zu schlucken. Annabelle sah ihn weiter fragend an.

»Nein, ich habe keine Kinder.«

Er fing ihren Blick auf.

»Ich habe nie Kinder gehabt«, hielt er für angebracht, zu ergänzen. Er griff nach seinem Wasserglas und berichtigte erneut: »Nun ja, vielleicht doch.«

Er trank einen Schluck und änderte dann definitiv seine Meinung.

»Genau genommen habe ich viele Kinder gehabt, aber kein einziges menschliches.«

Er stellte das Glas ab und stützte die Ellbogen auf den Tisch, um an den Fingern abzuzählen: »Ich hatte meinen

Hund Homer, zwölf Ochsen, von denen drei im Stall stehen, fünf Hähne, darunter den alten Roger, der noch bei mir ist, aber die Stimme verloren hat, fünfzehn Hühner, aber seit Jahren keine mehr. Und ich sollte auch die Apfelbäume, Pflaumenbäume, Kirschbäume, Kornfelder, Wiesen und Blumen mitzählen … Sie alle sind meine Kinder … oder vielleicht bin ich ihres, wer weiß …«

Er stellte das Aufzählen ein und fragte: »Und Sie? Haben Sie Kinder?«

»Ja, meine kleine Léna«, antwortete sie lächelnd. »Sie ist zehn Jahre alt.«

Ihn durchfuhr ein Adrenalinstoß, was man ihm aber nicht anmerkte, abgesehen von einem enttäuschten schiefen Grinsen und davon, dass er zweimal mit einem Auge blinzelte. Ohne es wirklich zu wollen, entfuhr ihm die ungeschickte Frage: »Und was sagt Ihr Mann zu dem, was Ihnen passiert ist, und zu der Tatsache, dass Sie mit Honig verschmiert zu mir gefahren sind?«

»Ähm … nun ja, ich … ich lebe nicht mehr mit dem Vater meiner Tochter zusammen … Wir sind geschieden«, sagte Annabelle hastig und verlegen.

»Es ist noch nicht sehr lange her«, stellte sie richtig, als würde das etwas erklären. »Wir teilen uns das Sorgerecht. Unsere Tochter lebt die Hälfte der Zeit bei mir, die andere bei ihrem Vater.«

Georges Lesage, der zurückgezogen lebende Landwirt, hatte kolossale Lücken, was die Gepflogenheiten der modernen Gesellschaft anging. Ehescheidungen lagen außerhalb seiner Wertvorstellung; gut, hin und wieder stieß er in einem Roman darauf, doch so etwas betraf seiner Meinung nach nur seelisch instabile und verhaltensgestörte Personen.

Auf seinem Stuhl mit der geflochtenen Sitzfläche zuckte er leicht zurück, als ginge von Annabelle plötzlich eine Gefahr aus, vor der er sich in Acht nehmen musste.

Annabelle war blass geworden. Georges musterte sie mit gefurchter Stirn und zusammengekniffenen Lippen. Sie versuchte, es wiedergutzumachen.

»Ich bedauere unsere Scheidung sehr, vor allem wegen meiner kleinen Tochter.«

»So ist das moderne Leben nun mal«, sagte er ohne große Überzeugung. »Aber wenn Sie ihr viel Liebe schenken, wird sie trotzdem glücklich sein.«

»Meinen Sie?«

»Bestimmt. Was zählt, ist es, die Wärme der Menschen zu spüren, mit denen wir zu tun haben, und folglich müssen Sie Ihrer Tochter nur viel Liebe schenken.«

Annabelle schenkte ihm ein dankbares Lächeln.

»Danke, es ist sehr nett von Ihnen, mich zu beruhigen.«

Er nickte leicht, doch sein Blick blieb leer.

Unvermittelt hatte sich eine arktische Kälte über den Raum gelegt, die mit einer weißen Decke aus Raureif alles zudeckte – den Tisch, die Stühle und die beiden Personen. Nur das Klappern der Gabeln störte die Stille, jeder hing seinen Gedanken nach, Annabelles waren verwirrt, die von Georges vorwurfsvoll.

Doch dann erinnerte sich Georges Lesage daran, wie seine Tante reagiert hatte, als sich ein paar Leute bei einem Viehmarkt über die Naivität seines Onkels lustig gemacht hatten. »Man weiß nie«, hatte sie danach zu ihm gesagt, »was sich in einem Menschen verbirgt. Der eine ist schwach im Lesen oder im Sprechen, hat dafür aber andere, erstaunliche Fähigkeiten, eine unglaubliche Intuition zum Beispiel. Man sollte sich hüten, jemanden zu beurteilen. Das ist eine heikle Sache. Das kann nur Gott. Hüte dich davor, es ihm gleichtun zu wollen.«

Dank dieser Erinnerung fasste er sich nun wieder und schaute etwas freundlicher drein. Er musterte Annabelle, die dasaß und mit mechanischen Gesten und gesenktem Blick weiteraß, ohne zu schmecken, was sie im Mund hatte. Sie hatte das schreckliche Gefühl, mit ihrem Geständnis die freundschaftlichen Bande zwischen ihnen zerrissen zu haben. Deshalb sagte sie sich, dass es angesichts dieser angespannten Stimmung vermutlich besser wäre, nicht über Nacht zu bleiben, sondern noch am selben Abend nach Paris zurückzufahren. Und noch bevor Georges etwas sagen konnte, um die Atmosphäre wieder aufzulockern, blickte sie auf und sagte spontan: »Ich … ich sollte Sie nicht länger mit meinem Privatleben belästigen. Ich fahre nach Hause, das ist besser so.«

»Aber Sie belästigen mich doch nicht, ganz im Gegenteil.«

»Danke«, sagte sie erleichtert und beschloss, nun doch zu bleiben.

»Keine Ursache. Aber ich respektiere natürlich auch Ihren Wunsch, nach Hause zu fahren, wenn Ihnen das lieber ist.«

In dieser äußerst heiklen Situation bekam Annabelle den Satz in den falschen Hals und sagte schroff: »Ja, Sie haben recht. Ich fahre besser nach Hause.«

Georges verstand ihre Entgegnung so, als wolle sie augenblicklich aufbrechen, und er erhob sich, um sie zur Tür zu begleiten. Annabelle blieb nichts anderes übrig, als ebenfalls aufzustehen.

So kam es, dass die beiden wenig später vor der Haustür standen. Sie hatte ihre Handtasche bei sich, doch ihre Kleidung oben im Gästezimmer vergaß sie.

Keiner von beiden erwähnte ein Wiedersehen, weil jeder von ihnen dachte, der andere wolle es nicht, obwohl sie es sich beide wünschten.

Draußen auf dem Hof, vor Annabelles Auto, verabschiedeten sie sich mit einem spröden »Auf Wiedersehen«.

17

Annabelle war schon über eine Stunde gefahren und ärgerte sich immer noch über ihre verflixte Spontaneität. Sie machte sich Vorwürfe, weil sie Georges die Gründe für ihre Scheidung nicht hatte erklären können.

Als sie merkte, dass sie immer noch Georges' Sachen trug, wurde sie noch ärgerlicher, doch dann dämmerte ihr, dass ihr dies die Chance zum Umkehren gab.

Prompt wendete sie und fuhr zurück. Unterwegs versuchte sie, sich die richtigen Worte zurechtzulegen.

Ich hatte gute Gründe, mich scheiden zu lassen, richtig? Mal überlegen: Warum bin ich nicht bei François geblieben? Weil … Nein … die Frage müsste eher lauten: Warum hat er mich verlassen?

Die folgende Stunde verbrachte sie damit, ihr Eheleben auseinanderzunehmen, und sie gestand sich ein, dass sie eine distanzierte Ehefrau gewesen war, die zudem nur selten zu Hause war.

Als sie den Bauernhof erreichte, sah sie, dass im Haus trotz der späten Stunde noch Licht brannte und die Haustür offen stand.

Annabelle schaltete den Motor aus, nahm ihre Tasche vom Beifahrersitz, öffnete die Wagentür, und als sie den ersten Fuß auf die Erde setzte, stand der Bauer vor ihr.

»Ich habe auf Sie gewartet.«

Sie zuckte zusammen.

»Herrje, Sie haben mich erschreckt!«

»Tut mir leid.«

»Sie haben auf mich gewartet, sagen Sie? Aber ... aber woher wussten Sie, dass ich zurückkomme?«

»Nun, Sie haben meine Sachen noch an.«

»Ach ja, richtig. Genau, ich bin gekommen, um sie Ihnen zurückzugeben.«

Er stapfte vor ihr her zum Haus.

»Tja«, sagte er, »aber was wollen Sie sonst anziehen?«

Sie überlegte kurz.

»Gut, ich mache Ihnen folgenden Vorschlag: Ich behalte die Sachen an, nehme meine mit nach Hause und schicke Ihnen Ihre Sachen gleich morgen früh mit der Post.«

Er musterte sie, sichtlich nervös.

»Aber Sie wollen doch nicht gleich wieder zurückfahren ... es ist schon so spät ... ich meine, mitten in der Nacht ...«

»Ähm ... doch.«

»Wollen Sie nicht doch lieber über Nacht ...«

Plötzlich gewann seine Nervosität wieder die Oberhand, und er wusste nicht mehr weiter. Nach kurzem Zögern fragte er etwas direkter: »Es ist sicherer, wenn Sie tagsüber fahren, oder?«

Annabella hatte gemerkt, wie schwer es ihm gefallen war, es auszusprechen.

»Sie haben recht, es ist sicher besser, wenn ich bei Ihnen übernachte.«

Diesmal nahm sie seine Einladung an.

Sie verbrachte eine ruhige Nacht.

Mehr noch – ihre Nacht war wunderbar gewesen, was seit Langem nicht mehr der Fall gewesen war.

Am nächsten Morgen wachte sie auf, als sich die ersten Strahlen der Aprilsonne in ihr Zimmer stahlen und alles in ein frühlingshaftes Licht tauchten. Guter Dinge machte sie sich fertig und ging wenig später voller Tatendrang die Treppe hinunter.

Georges und Annabelle frühstückten zum zweiten

Mal miteinander, und es kam ihr fast schon wie eine Gewohnheit vor: Sie wusste, dass sie nicht zu viel reden durfte, und Georges bot ihr keinen Käse an.

Wieder beobachtete sie, wie sorgfältig er jeden Handgriff ausführte, wie er sein Messer aufklappte, wie geschickt er das Brot schnitt, wie konzentriert er die Brotscheiben mit Butter bestrich und mit welcher Ernsthaftigkeit er sie dann in den Kaffee tunkte.

Als das Frühstück beinahe zu Ende war, fasste sie allen Mut zusammen und begann:»Es gibt da etwas, das mir etwas unangenehm ist … Ich habe Ihnen gestern Abend von meiner Scheidung erzählt und möchte nicht, dass Sie schlecht von mir denken.«

»Ich bitte Sie!«, sagte er, um sich ebenfalls zu entschuldigen. »Dazu habe ich kein Recht.«

Trotzdem wollte sie es ihm erklären.

»Ich habe nicht aus Liebe geheiratet«, gestand sie.

Der Bauer führte ein Stück Ziegenkäse zum Mund.

»Aber auch nicht aus Berechnung«, stellte sie klar. »Ich habe lediglich eine schlechte Entscheidung getroffen, das ist alles.«

»Hmmm«, brummte er mit vollem Mund, »das ist sicher nicht leicht.«

»Nein, ist es nicht.«

Er kaute in Ruhe zu Ende, zögerte kurz und sagte

dann: »Ich würde Ihnen gern etwas Besonderes zeigen. Haben Sie noch ein paar Stunden Zeit?«

Annabelle konnte es zwar kaum erwarten, ihre Tochter wiederzusehen, doch sie nahm seinen Vorschlag trotzdem gern an.

Sie ließen alles stehen und liegen, zogen Stiefel an, die in Annabelles Fall viel zu groß waren, und traten dann hinaus in den frischen, sonnigen Morgen.

18

Georges Lesage war einer dieser Menschen, die immer für eine Überraschung gut waren.

Er holte Archambaud, einen Ochsen mit haselnussbraunem Fell und einer beeindruckenden Muskulatur, aus dem Stall.

»Wollen Sie pflügen gehen?«

»Nein, ich nehme ihn nur zu unserem Spaziergang mit.«

Zu dritt marschierten sie in gemächlichem Tempo los. Archambaud trottete auf dem Weg hinter ihnen her und machte einen gelassenen Eindruck. Annabelle fühlte sich nicht ganz wohl mit diesem Koloss in ihrem Rücken, und als der Bauer es merkte, beruhigte er sie: »Er sieht zwar nicht so aus, aber er ist sanft wie ein Lamm.«

»Da bin ich aber froh, er hat mich etwas nervös gemacht. Gehen Sie mit mir zu den Blumen?«

»Richtig.«

An einer Weggabelung gingen sie nach rechts, und der Weg wurde sandiger. Zu ihrer Linken stieg eine lange Wiese sachte an. In ihrer Mitte ragte das imposante Skelett einer großen, kahlen Buche in den Himmel. Auf Annabelle wirkte sie wie der Wächter dieser Wiese, der nur auf mehr Licht und Wärme wartete, um seine Blätter wieder sprießen zu lassen.

Zu ihrer Rechten standen einzelne Baumgruppen, umschwirrt von übermütigen Spatzen, die sich über die Ankunft des Frühlings zu freuen schienen.

Es war deutlich zu spüren, dass die ganze Natur in einer fiebrigen Aufregung war. Die Zeit neuen Lebens war zurückgekehrt. Dafür gab es viele Anzeichen: die jungen Zweige und die prallen Knospen, das hohe Gras und die hübschen Blumen, die Eier in den versteckten Nestern und der Nachwuchs in den Fuchs- und Kaninchenbauten, der Tanz der Bienen, das Surren der Insekten, die emsigen Ameisen, die lauernden Spinnen …

Von den sanften Sonnenstrahlen gestreichelt, die ihren ganzen Körper wärmten, ging Annabelle ganz im Rhythmus ihrer gemächlichen Schritte auf.

Langsam und ohne zu reden wanderten sie bis zu einer Obstbaumwiese, die sich vor einem Hügel erstreckte. Der Weg bog nach links ab und stieg zwischen den Bäumen an. Es gab mehrere Sorten von Obstbäumen, manche waren so breit wie hoch, andere sahen eher wie Kegel aus, die sich zum Himmel hin verbreiterten. Georges führte Annabelle zu einer bestimmten Gruppe von Obstbäumen und stellte sie ihr vor: »Das hier sind Apfelbäume, dort Kirschbäume und diese sind Pflaumenbäume.« Er zeigte darauf.

Sie lächelte, um sie zu begrüßen, und stellte sich spaßeshalber vor: »Madame Dumas – freut mich, eure Bekanntschaft zu machen.«

Georges lehnte sich mit seinem kräftigen Oberkörper an einen der Apfelbäume und sagte zu Annabelle: »Stellen Sie sich die Kraft vor, die es braucht, um sich so zum Himmel zu recken, gegen die Schwerkraft und den Wind anzukämpfen und die Äste in die Waagrechte wachsen zu lassen.«

Er breitete beide Arme aus.

»Wie lange würde ich das durchhalten? Eine Minute? Vielleicht zwei? Sie dagegen strecken ihre Äste für Jahrzehnte, manchmal sogar für Jahrhunderte aus.«

Annabelle betrachtete die Bäume nun mit der gebührenden Bewunderung.

»Und kennen Sie das Geheimnis ihrer Kraft?«

Nein, sie kannte es nicht.

»Sie leben!«, fuhr er fort. »Genau wie Sie, wie Archambaud und wie ich, leben sie.«

In seinen Augen konnte sie seine innere Bewegtheit lesen.

»Ganz abgesehen von dieser unglaublichen Fähigkeit, die sie entwickelt haben …«

Fragend zog sie die Augenbrauen hoch.

»Sie produzieren Früchte. Das tun sie natürlich, um sich fortzupflanzen, doch davon einmal abgesehen, ernähren sie auf diese Weise die Vögel, Würmer und Menschen, Bakterien, Insekten und Nagetiere, Gras, die Blumen, das Rotwild und was weiß ich noch … jedenfalls Milliarden von Lebensformen auf unserem Planeten.«

Er ging zu einem Kirschbaum und legte das Ohr an den Stamm.

»Wollen Sie versuchen, zu hören, wie er lebt?«

Zuerst war sie verblüfft, doch dann ging sie langsam auf ihn zu. Sie stellte sich auf die andere Seite des Baums, sodass sie den Stamm nun zwischen sich hatten, berührte mit ihren zarten Händen unterhalb von Georges' kräftigen Fingern die glatte Rinde des Kirschbaums und legte ebenfalls ein Ohr an den Stamm.

»Hören Sie etwas?«, fragte der Bauer nach einer Weile.

»Nein, nichts.«

Er richtete sich auf, und sie tat es ihm gleich.

»Gut, dann versuchen Sie, die Säfte zu spüren, die in seinem Inneren fließen. Mit den Händen«, fügte er leise hinzu. »Spüren Sie, wie die Vibrationen in Ihre Fingerspitzen übergehen?«

Wieder legte sie beide Hände an den Stamm.

»Schließen Sie die Augen«, flüsterte Georges. »Vergessen Sie alles – die Zeit, den Wind, die Vögel. Denken Sie nur an den Baum, die Gegenwart, die euch verbindet, an Ihre Haut an seinem Stamm.«

Sie konzentrierte sich und richtete all ihre Aufmerksamkeit auf ihre Handflächen, die an dem Stamm lagen, und bald schon existierte für sie nichts mehr außer diesem Baum und seiner glatten Rinde, hinter der sie mit den Fingerspitzen den Fluss des Lebens spürte, der in ihm strömte.

Sie bewegte sich nicht mehr. Ihr Herzschlag und ihre Atmung beruhigten sich. Sie ließ sich ganz ein auf den Rhythmus des Baums, seine langsamen Schwingungen, seine ruhige Kraft, seine Verbundenheit mit der Erde, der Luft, der Sonne und den wohlwollenden Händen an seiner Rinde.

Bilder aus frühester Kindheit kamen Annabelle in den Sinn, von glücklichen Zeiten, als sie sich noch eins gefühlt hatte mit der Natur …

Als sie einige Zeit später die Umarmung lockerte, hatte sie Tränen in den Augen.

Georges schwieg. Er wusste nur zu gut, in was für eine Stimmung die Bäume auch ihn nicht selten versetzten: in Ekstase.

Nach einigen Momenten ergriffenen Schweigens legte sie ihre Hände auf die kräftigen Hände des Bauern und sagte leise: »Danke.«

Bei Annabelles sanfter Berührung begann sein Herz schneller zu schlagen. Doch er versteckte seinen inneren Aufruhr hinter dem Stamm des Kirschbaums und stammelte: »Das … das ist nichts Ungewöhnliches. Sie … haben nur das Leben im Inneren des Baums gespürt, ganz ähnlich wie Sie das Herz … Ihrer Tochter spüren können. Die Japaner lieben Meditations- und Entspannungsübungen mit Bäumen. Sie umarmen sie und stehen schweigend da. Sie nennen es ›Waldbaden‹, auf Japanisch *Shinrin yoku*. Es geht darum, alle Sinne zu öffnen, ganz in die Wahrnehmung abzutauchen und mehr zu spüren. Man kann es auch mit ›Bad in der Atmosphäre des Waldes nehmen‹ übersetzen. Jedenfalls senkt es nachweislich den Blutdruck und reduziert die Stresshormone.«

»Sieh an! Ausgerechnet die Japaner!«, sagte Annabelle amüsiert.

Sie zog ihre Hände zurück, und auch Georges fasste sich wieder, nachdem sie ihm ihre Wärme entzogen hatte. Mit Bedauern wurde ihm bewusst, dass sie nicht ewig hier stehen bleiben konnten.

Sie kehrten zu Archambaud zurück, der in aller Ruhe ein paar Meter weiter weg graste, und gingen zu dritt weiter den Weg entlang, der zwischen der Wiese und dem bewaldeten Hügel verlief und leicht anstieg.

»All das gehört Ihnen?«

»Die Felder links, ja, der Hügel nicht.«

»Und Sie pflügen all dieses Land nur mit Ihren Ochsen?«

»Nur die Wiesen und Felder, die ich für meinen eigenen Lebensunterhalt brauche. Den Rest lasse ich brachliegen.«

Am höchsten Punkt des Weges angekommen, konnten sie wieder ein großes Tal mit Mohnblumen sehen. Es erstreckte sich bis in die Ferne; Felder und Wiesen wechselten sich ab, hin und wieder von Sträuchern durchsetzt.

Der Weg fiel sachte ab, schlängelte sich zwischen den Wiesen entlang und führte schließlich zu einem Wald mit hohen, kahlen Bäumen, an denen er entlangführte, bevor er sich in der Ferne verlor.

»Ich erinnere mich an diese Landschaft«, sagte Annabelle, »aber dort waren wir nicht, oder?«

»Nein, auf der anderen Seite des Kamms«, antwortete Georges und deutete nach links.

Mit großen Augen betrachtete sie fasziniert die Landschaft.

Schweigend ließ er sie für eine Weile die Schönheit der Welt bewundern.

19

Der Bauer führte Annabelle und Archambaud den sanft abfallenden Weg hinunter. Nach einigen Schritten begann Annabelle, laut zu überlegen: »Die Bäume haben wenigstens einen Sinn im Leben: Früchte und Samen zu produzieren … Aber was ist wohl der Sinn des Lebens für uns Menschen?«

Georges senkte den Kopf, als würde ihn eine so tiefschürfende Frage in Verlegenheit bringen. Doch nach kurzem Überlegen sagte er: »Die Frage nach dem Sinn des Lebens habe ich mir lange gestellt.«

Er sah Annabelle an.

»Dann eines Tages, oder besser gesagt mitten in der Nacht, begriff ich die nackte Wahrheit: Der Sinn des Lebens besteht darin, zu leben.«

Als er ihren skeptischen Blick sah, fuhr er fort:»Das gilt für jede Spezies, die auf diesem Planeten geboren wird: um jeden Preis zu leben, nichts anderes zu tun, als ihr Überleben zu sichern, zu essen und zu trinken, zu schlafen, Raubtieren zu entkommen, gegen Krankheiten anzukämpfen, den Tod abzuwehren. Das alles geschieht reflexhaft und hat keinen anderen Sinn, als zu leben – ob gut oder schlecht, allem zum Trotz zu leben.«

»Welchen Sinn sollte es haben, schlecht zu leben?«

»Auch dann klammert man sich reflexhaft ans Überleben und hofft, dass es einem irgendwann besser geht.«

Er blieb stehen und zeigte auf ein kümmerliches Gestrüpp am Wegesrand.

»Dieser Strauch dort lebt seit Jahrzehnten mehr schlecht als recht, weil er ständig von Pflanzenfressern abgeweidet wird. Trotzdem kämpft er um sein Überleben und hofft, dass es ihm eines Tages besser gehen wird.«

»Und dann?«

»Dann lebt er weiter …«

»Wozu?«

»Um zu leben, denn das ist ein Ziel an sich.«

»Verstehe …«, seufzte Annabelle. »Ich glaube, ich verhalte mich seit Jahren wie dieser Strauch da. Trotz aller Annehmlichkeiten fühle ich mich wie ein Automat, der funktioniert und hofft, dass es eines Tages besser wird.«

Gemächlich setzten sie ihren Spaziergang fort.

»Wie dem auch sei«, nahm der Bauer den Faden wieder auf, »jeder kann seinem Leben einen Sinn geben. Für die meisten Arten besteht dieser Sinn in der Fortpflanzung: sich zu reproduzieren, um den Fortbestand seiner Art zu sichern, zahlreicher zu werden und das Territorium zu vergrößern, damit die jeweilige Art gedeiht.«

»Leben, um Leben zu schenken«, sagte Annabelle nachdenklich.

»Ich würde eher sagen: leben und Leben schenken«, warf er ein. »Das sind zwei Ziele, zwei verschiedene Dinge.«

Eine Wolke schob sich vor die Sonne, und die Luft wurde plötzlich frischer. Annabelle fröstelte.

»Sehr viele Arten«, sagte sie, »leben schlecht und haben trotzdem Lust, sich zu reproduzieren, wie aus Masochismus, um ihrem schwierigen Leben einen Sinn zu geben. Ist das nicht sonderbar?«

»In den meisten Fällen ist die Fortpflanzung keine Frage von Lust, sondern eher von Zwang.«

»Zwang? … Wer sollte den ausüben?«

»Das Leben selbst. Dadurch, dass die Natur alle Spezies mit Automatismen wie Eisprung und Erregung,

Paarung und Befruchtung ausgestattet hat, zwingt sie sie dazu, sich zu reproduzieren. Dem entkommt nichts und niemand. Das Leben weiß vermutlich, dass es sterblich ist und dass sein Fortbestand allein von der Fortpflanzung abhängt.«

»Ganz schön intelligent, das Leben …«

»Wie wahr«, sagte er lächelnd.

»Und doch haben Sie persönlich darauf verzichtet, Leben zu schenken.«

Überrumpelt nickte er, dachte kurz nach und entgegnete dann: »Ich hatte das Glück, selbst darüber entscheiden zu können.«

»Bedauern Sie nicht, dass Sie keine Kinder haben?«

»Ich bedauere, dass ich mein Wissen nicht weitergeben kann, das ja. Mit einem Kind wäre das möglich gewesen.«

Sie gingen schweigend ein paar Schritte weiter, ehe er fortfuhr: »Aber das ist ein egoistischer Wunsch, dem ich widerstanden habe: Ich wollte nicht zur weiteren Vermehrung der Menschen beitragen.«

Er drehte sich zu Annabelle, um es ihr näher zu erläutern.

»Der Mensch hat die uneingeschränkte Herrschaft über alle anderen Spezies erlangt, eine Vorherrschaft ohne gleichen, die mir Sorgen bereitet …«

Annabelle dachte kurz nach.

»In der Marktwirtschaft«, sagte sie dann, »ist es so: Wenn ein Unternehmen zu mächtig wird, schreitet das Kartellamt ein und schränkt seine Vorherrschaft ein, um zu verhindern, dass es zu einem Machtmissbrauch kommt.«

»Eine weise Einrichtung … Etwas Ähnliches bräuchte es auch in der Natur, um den Missbrauch vonseiten des Menschen einzudämmen und die anderen Spezies zu schützen.«

»Ganz schön utopisch!«

»Gewiss.«

»Zumindest was die Fortpflanzung betrifft, sind Sie ja konsequent geblieben.«

»Nun ja, ich versuche, es zu sein, auch wenn es mir nicht immer gelingt.«

Ein Westwind war aufgezogen und trieb bedrohlich dunkle Wolken auf sie zu. Georges lieh Annabelle seine dicke Wolljacke, in der sie fast versank, aber immerhin wurde ihr darin nicht kalt.

»Sie haben Ihrem Leben einen anderen Sinn gegeben als die Fortpflanzung«, sagte Annabelle. »Deshalb war sie in Ihrem Fall vermutlich nicht nötig.«

»Welchen anderen Sinn meinen Sie?«

»Nun, Ihre enge Beziehung zur Natur.«

»Kann sein ... Ich bin in die Fußstapfen meines Onkels getreten, der gern sagte: ›Lebe das Leben, wie es kommt, dann, mein Junge, wird es ein gutes Leben sein.‹«

»Lebe das Leben, wie es kommt?«

»Ja, lebe so, wie es dir gefällt. Das ist unsere Freiheit. Es geht darum, seinen eigenen Weg zu gehen, sich dem sozialen Druck zu entziehen, den Doktrinen, angepassten Normen und sogar engen Beziehungen. Kurz und gut: frei zu sein.«

Sie kamen zu einer großen Pfütze mitten auf dem Weg.

Wie gern würde ich einfach durch die Pfütze laufen, wie ein Kind, dachte Annabelle sehnsüchtig. *Das würde mir beispielsweise gefallen.*

Aber sie ging natürlich seitlich daran vorbei; Archambaud, der hinter ihr ging, stapfte mitten hindurch.

»Hatte er denn keinen Rat, der leichter zu befolgen wäre, Ihr Onkel?«

»Nein, nur den.«

Sie seufzte.

20

Georges blickte zum Himmel und sagte: »Ich fürchte, wir werden gleich nass. Wir sollten uns irgendwo unterstellen.«

Sie beschleunigten ihre Schritte und kamen zu einem Tannenwäldchen.

»Hier sind wir einigermaßen geschützt«, sagte Georges. »Der Regen dürfte nicht lange dauern.«

Die Temperatur fiel unvermittelt, der Wind wurde stärker, und ein plötzlicher, heftiger Regenschauer setzte ein.

Sie beobachteten, wie der Graupelregen mit voller Wucht auf die Wiesen prasselte, doch wenig später tauchte die Sonne wieder auf und strahlte vom Himmel, als wenn nichts gewesen wäre.

Völlig trocken konnten sie ihren Unterschlupf verlassen und gingen über einen rutschigen Weg zu einem Wald, in dem es etwas gab, was er Annabelle zeigen wollte. Hier wuchsen hohe Buchen. Die Sonnenstrahlen fielen schräg durch die kahlen Äste auf einen dunklen Teppich aus toten Blättern. Vier, fünf Bäume weiter lichtete sich der Waldboden.

Mit wenigen großen Schritten trat Georges über einige tote Äste hinweg und zog Annabelle mit sich. Das Unterholz war mit Anemonen übersät. Nun, nach dem Regenguss, entfalteten sie gerade erneut und träge ihre Blütenkronen, die in einem strahlenden Weiß leuchteten.

»Wie wunderschön! Man könnte fast glauben, es sei Schnee, so viele Blüten gibt es hier.«

»Ich könnte Sie mit den Anemonen allein lassen«, schlug der Bauer vor. »Wie damals bei den Mohnblumen.«

Sie starrte die Blumen so intensiv an, als erwarte sie von ihnen eine Antwort auf diese Frage.

»Meinen Sie?«

»Ich denke, das wäre die einfachste Lösung, um Ihre Zweifel aus der Welt zu schaffen.«

»Das stimmt … Aber meinen Sie, ich werde wirklich ›auf Empfang‹ sein, wie Sie es gestern ausdrückten?«

»Das müssen Sie schon allein herausfinden.«

In der angenehmen Kühle des Waldes überlegte sie kurz.

»Nein«, beschloss sie dann, »ich möchte es nicht versuchen … Nicht jetzt. Die Erfahrung mit dem Baum reicht mir für heute.«

Sie blieb reglos stehen und lauschte dem Gezwitscher einiger Vögel.

»Warum wachsen hier so viele Anemonen?«, fragte sie.

Georges kannte diese Stelle gut, denn er war schon oft hergekommen, um sie in aller Ruhe zu betrachten und nachzudenken.

»Wegen eines Baums.«

»Eines Baums?«

»Ja … Kommen Sie, gehen wir zurück in die Sonne, dann erzähle ich es Ihnen.«

Sie traten aus dem Schatten des Waldes und kehrten zu Archambaud zurück.

»Ich war sechs oder sieben Jahre alt, als mein Onkel mich eines Tages zum ersten Mal aufforderte, die Natur ganz genau zu beobachten. Es war Ende August, das weiß ich noch. ›Nicht nur mit den Augen, sondern auch mit dem Kopf‹, sagte er. Er stellte mir immer dieselbe Frage, ob es nun um das Sterben von Blumen und

Bäumen oder von Insekten und Heuschrecken, des von der Sonne verbrannten Grases im Sommer oder der Blätter im Herbst ging, die vom Wind davongetragen werden: ›Was wird aus ihnen?‹«

Er sah Annabelle an, als erwarte er von ihr eine Antwort auf diese Frage.

»Ähm … Nun ja, ich würde sagen, dass sie auf den Boden fallen.«

Das trug ihr einen bewundernden Blick ein.

»Richtig! Sie fallen zu Boden und werden nach und nach ein Teil des Erdreichs, und dadurch wird der Boden fruchtbarer für andere Lebensformen, die dort entstehen: Gras, Blumen, Bäume, Insekten und so weiter …«

Die Sonne schien Georges ins Gesicht und ließ seine markanten Gesichtszüge und die beiden tiefen Falten links und rechts an seinen Wangen deutlicher hervortreten. Sie sahen wie zwei Flussbetten aus. Er hatte eine breite Nase, fein gezeichnete Lippen und tief liegende Augen unter einer breiten Stirn. Seine Haare begannen schon beim kleinsten Windhauch zu tanzen. Annabelle fand ihn sehr anziehend, richtig gut aussehend …

»Um zu den Anemonen zurückzukommen«, sprach er weiter, »sie wuchsen hier schon immer, soweit ich zurückdenken kann. Doch früher lag hier, genau in ihrer Mitte, ein alter, dicker Baumstamm. Er war vermutlich schon viele Jahrzehnte früher umgefallen und lag eingebettet in der lockeren Erde an diesem feuchten Ort. Das, was von ihm aus dem Boden ragte, war verwittert und teilweise von Moos und Kriechpflanzen überwuchert, die sich in ihm verwurzelt hatten. In mehr als sechzig Jahren konnte ich beobachten, wie sich der Baumstamm allmählich auflöste: Er versank mit den Jahren im Erdreich, als würde er langsam davonfließen; er ist unter dem Einfluss von Wind und Regen verwittert. Er löste sich unaufhaltsam auf und verschmolz mit der Erde, bis er schließlich ganz verschwunden war. Der vergrabene Teil des Baumstamms hat sich in einen fruchtbaren Humus verwandelt, der im Laufe der Jahrzehnte zu einem idealen Nährboden für Tausende dieser weißen Anemonen wurde, die sich von der Substanz des Baums ernährt haben, um zu erblühen. So kam es zu diesen unglaublich vielen Anemonen, die so dicht nebeneinander wachsen, dass sie fast wie eine Schneedecke aussehen.«

»Was für eine schöne Geschichte.«

Annabelle lächelte. Ihre Augen schimmerten, und ihre zurückgebundenen kastanienbraunen Haare glänzten in der Sonne.

Sie ließen den Wald und die Anemonen hinter sich und spazierten gemächlich zum Hof zurück.

»Wenn ich früher mit meinem Onkel hier unterwegs war«, sagte Georges, »und wir uns darüber unterhalten haben, warum alle Lebewesen irgendwann sterben, hat mein Onkel oft gesagt: ›Alle Lebensformen sind ewig, denn sie verschmelzen mit dem Erdboden … sie werden zu Erde … und der Erdboden stirbt nie!‹ Manchmal füllten sich seine Augen mit Tränen, als er noch hinzufügte: ›Und weißt du, mein Junge, auch wir sind ewig, denn auch wir werden nach dem Tod zu Erde.‹«

21

Ein paar Stunden später fuhr Annabelle heiter und beschwingt nach Paris zurück.

Beim Abschied hatte sie Georges spontan auf die Wange geküsst, doch er hatte so verlegen reagiert, dass sie sich sofort dafür entschuldigte. Sie hatte ihm ihre Visitenkarte gegeben und sich seine Adresse notiert, um ihm seine Kleidung zurückschicken zu können. Und sie hatte ihm versprochen, bald wiederzukommen.

In den darauffolgenden Tagen war Annabelle zu ihrer Tochter zärtlicher als sonst und versuchte, in wenigen Tagen nachzuholen, was sie in den letzten Jahren versäumt hatte.

Mag sein, dass sie es übertrieb, doch es kam von

Herzen und fühlte sich auf einmal ganz natürlich an. Es war nicht zu übersehen, dass Annabelle nicht mehr dieselbe war. Sie war ruhig und gelassen, sehr aufmerksam und herzlich, geduldig und sanft: in einem ganz neuen Gemütszustand.

Sie dachte nicht mehr unablässig an ihren beruflichen Erfolg. Und statt wie früher ständig ins Büro zu rennen, nahm sie sich ein paar Tage frei, die sie in Paris verbrachte, um sich intensiv um ihre Tochter zu kümmern.

Doch das Gefühl, dass ihr etwas fehlte, wuchs von Tag zu Tag, und es war, als würden die Zeit und der Raum, die sie vom Bauernhof trennten, eine Leere in ihr hervorrufen, gegen die sie etwas tun musste.

War es Liebe, die sich in ihr Herz geschlichen hatte? Die Lust, den alten Bauern zu besuchen, wuchs.

Was für ein komisches Gefühl.

Es stimmte, dass Annabelle nie den Rausch einer leidenschaftlichen Liebe erfahren hatte. Ihr Herz hatte in der Vergangenheit zwar ein paar flüchtige Aufwallungen erlebt, zum Beispiel damals mit ihrem Ex-Mann, aber nichts davon war mit dieser Verzauberung der Sinne vergleichbar, der zarten und magischen Verflüchtigung ihrer Vernunft.

Sie wollte dieser unerwarteten Sehnsucht jedoch

nicht nachgeben und konzentrierte sich lieber darauf, ihre neue Wohnung einzurichten. Und sie beschloss, ihre Terrasse in ein Blumenmeer zu verwandeln, und ließ sich Rosenstöcke, Hortensien und mehrere kleine Tannen liefern, die sie entlang der Brüstung einpflanzen wollte, natürlich mit eigenen Händen.

Als sie vor diesen hübschen Pflanzen stand, keimte in ihr natürlich die verrückte Hoffnung, sie reden zu hören. Doch obwohl sie einige Zeit damit beschäftigt war, sie alle in hübsche Tröge umzupflanzen, die natürlich mit bester Erde gefüllt waren, hörte sie nichts. Doch in ihrer Hochstimmung ließ sie sich davon nicht entmutigen.

Als sie die neuen Pflanzen am nächsten Morgen zusammen mit ihrer Tochter noch etwas zurechtrückte, hörte sie auf einmal ein leises Stimmchen. Nein, es war kein Stimmchen, sondern ein Chor von mehreren Stimmen, die im Gleichklang flüsterten. Annabelle erstarrte und wagte keine Bewegung mehr, aus Angst, die Stimmen könnten verstummen.

Als die erste Verblüffung nachließ, schritt sie langsam die Terrasse ab und lauschte intensiv. Sie versuchte zu ergründen, woher die Stimmen kamen, die sie hörte. Es war fast, als würde sie inmitten einer

Menschenmenge einem bestimmten Parfümduft folgen. Im Übrigen hatte sie ohnehin den Eindruck, der Geruchssinn sei der wichtigste Träger der Dinge, die sie hörte – eine weitere Merkwürdigkeit in dieser mysteriösen Sache …

Annabelle ließ sich jedenfalls von dem zarten Parfümduft leiten, dessen kleinste Teilchen zu ihr zu sprechen schienen, und stand schließlich vor den wunderschönen, kugelförmigen blauen und blasslilafarbenen Dolden der Hortensien. Mit einer selbstverständlichen Freundlichkeit wiederholten diese ein ums andere Mal den Refrain, den Annabelle nun schon die ganze Zeit hörte:

»Sobald du beginnst,
Auf deine inneren Sehnsüchte zu hören,
Wird das Glück in dein Leben kommen.«

Bin ich jetzt endgültig übergeschnappt?

Annabelle konnte der Versuchung nicht länger widerstehen: Sie wollte Georges wiedersehen, es war ihr ein Bedürfnis, und am nächsten Morgen brachte sie ihre Tochter wie vereinbart zu ihrem Ex-Mann, packte ein paar Sachen ein und fuhr wieder zu dem Bauernhof.

Drei Wochen waren seit ihrem letzten Besuch vergangen. Als sie auf dem Hof ankam, fand sie eine abgeschlossene Haustür vor. Über der Tür hing ein Umschlag, mit einer Reißzwecke am Türrahmen befestigt. Darauf stand ihr Vorname.

22

In dem Umschlag befand sich ein sehr kurzes Schreiben, von Hand und ganz offensichtlich mit einem Füllfederhalter verfasst. Die Schrift bestand aus kleinen, regelmäßigen und zur Seite geneigten Buchstaben. Georges hatte die Nachricht unterschrieben und mit dem Datum dieses Tages versehen. Darin bat er sie, auf seine Rückkehr am späten Nachmittag zu warten. Als hätte er sie erwartet …

Das ist total verrückt! Bin ich wirklich so vorhersehbar?

Da ihr also einige Zeit allein blieb und sie so umsichtig gewesen war, ihre Stiefel mitzubringen, wollte sie testen, ob ihre Sensibilität vom Morgen noch anhielt. Sie beschloss, einen kleinen Spaziergang zu machen und nach Mohnblumen oder anderen Blumen Ausschau zu halten.

Die sattgrüne Landschaft war erst vor Kurzem aus dem Winterschlaf erwacht. Es gab noch nicht viele Blumen, und die wenigen, die Annabelle entdeckte, versteckten sich schüchtern im feuchten Gras entlang des matschigen Wegs.

Doch schon die ersten Blumen, mehrere Büschel Vergissmeinnicht, hatten zärtliche Worte für Annabelle. Ihre Stängel waren nicht sehr hoch, Wasser perlte auf ihren kleinen Blütenblättern, und sie sandten leise Soprantöne in Annabelles Geist, mit denen sie sie hier in der Gegend willkommen hießen.

Nachdem Annabelle sich eine Zeit lang an ihren Botschaften erfreut hatte, setzte sie ihren Weg fort.

Schon wenige Meter weiter waren die Vergissmeinnicht nicht mehr zu hören. Erst als Annabelle eine weitere Blume fand, eine Primel, stiegen durch deren Duft weitere melodische Töne in ihr Ohr. Die Sätze waren nicht die gleichen, die Worte waren anders, aber nicht minder herzlich.

Annabelle ging weiter, und bei allen Blumen, an denen sie vorbeikam, ob groß oder klein, ob weiß, gelb, rosa oder blau, ob allein stehend oder in Gruppen, geschah dasselbe Wunder. Es war eine wahre Sinfonie.

Doch das Schicksal wird nicht müde, seinen Teil an Unwägbarkeiten und bösen Überraschungen mit sich zu bringen, die einem die Stimmung verderben, Pläne durcheinanderwirbeln und ganze Existenzen vernichten.

Als Annabelle voller Euphorie von ihrem mystischen Spaziergang zurückkam, stand der Lieferwagen von Georges' Cousin Lucien auf dem Hof. Lucien war es auch, der ihr die Tür öffnete.

Er führte Annabelle ins Haus und zeigte nur wortlos auf das cremefarbene Sofa, auf dem sie vor einigen Wochen so wunderbar geschlafen hatte. Darauf lag Georges. Als er sie erblickte, winkte er sie lächelnd zu sich.

Er war mager geworden und wirkte erschöpft, seine Haut hatte einen Gelbstich. Er schien an einer schweren Krankheit zu leiden.

Annabelle ging auf ihn zu, wagte aber nicht, ihm die Hand zu geben. Unbeholfen blieb sie stehen, bis er auf einen Stuhl deutete. Die Situation war auf seltsame Weise umgekehrt als beim vorigen Mal.

»Und?«, fragte er mit heiserer Stimme. »Haben Sie die Natur wieder gehört?«

»Ja«, sagte sie mit einem seligen Lächeln.

»Und glauben Sie inzwischen an Ihre Gabe?«

»Ich werde vermutlich noch etwas Zeit brauchen, aber ich mache Fortschritte.«

Er nickte zufrieden.

»Was ist mit Ihnen?«, erkundigte sie sich vorsichtig.

»Ich bin etwas krank, ein kleiner Tumor.«

Daraufhin mischte sich Lucien, der neben Annabelle stand, aufgeregt und stotternd ein.

Er teilte Annabelle mit, dass sein Cousin einen Tumor habe, einen der gefährlichsten und aggressivsten. In schonungsloser Offenheit berichtete er, dass die Prognose der Ärzte aufgrund der vielen Metastasen, die »ihm die Leber auffressen«, äußerst schlecht sei. Und er fügte hinzu, das alles sei schrecklich ungerecht und ein großes Unglück. Mit zittriger Stimme wandte er sich dann an seinen Cousin: »Was mache ich nur ohne dich, Georges?« Dann stapfte er, tieftraurig und bedrückt, ans andere Ende des Raums und sank auf einen Stuhl, um sich seinem Kummer hinzugeben.

Georges Lesage hatte Bauchspeicheldrüsenkrebs, und da einer von Annabelles Bekannten vor Jahren den gleichen Tumor gehabt hatte, wusste sie, dass diese Krankheit in fast allen Fällen tödlich war. Bis man sie entdeckte, war es in der Regel bereits zu spät, der Tumor wuchs heimtückisch und brach dann aus wie ein Lavastrom, der aus dem Vulkankrater schoss, glühend, alles verschlingend, unerbittlich. Der Kranke konnte nur noch beten und starb in den allermeisten Fällen, ohne den ihm nahestehenden Menschen zuvor noch Lebewohl sagen zu können.

Annabelle war kreidebleich geworden.

»Welches Stadium?«, fragte sie.

So seelenruhig, als ginge es um das Schicksal eines Fremden, antwortete Georges: »Fortgeschritten …«

Die Zeit ist ein annehmbarer Begleiter, wenn man nicht weiß, wann einem das letzte Stündchen schlägt, das wusste Annabelle. Zu wissen, dass das Ende unmittelbar bevorsteht, versetzt die Betroffenen jedoch meist in Angst und Schrecken. Georges dagegen war stark, er wirkte gelassen. Annabelle aber war starr vor Schreck.

Als er sah, wie blass sie geworden war, versuchte er, sie zu trösten.

»Noch ist nichts verloren. Diese gnadenlose Krankheit, die in mir wütet, kann mich schon morgen dahinraffen, aber sie kann mich auch verschonen und von selbst verschwinden.«

»Natürlich …«, antwortete Annabelle, obwohl sie es selbst nicht glaubte.

Da sie nicht in Mitleid versinken wollte und nicht wusste, was sie sagen sollte, äußerte sie sich ebenso entrüstet wie Lucien zuvor: »In Ihrem Alter, was für ein großes Unglück!«

»Unglück?«, wiederholte er mit schwacher Stimme. »Ich hatte so viel Glück im Leben. Das Glück hat sich an mich geheftet wie Quecken an die Erde, es hat mich mit einem gesunden Körper auf die Welt kommen lassen, mir einen scharfen Verstand, eine wunderbare Heimat und eine liebevolle Familie geschenkt … und außerdem war das Glück ständig an meiner Seite, mein Leben lang … Gut, ich kann nicht sagen, dass ich vom Glück verfolgt worden wäre, aber es war stets an meiner Seite.«

Er lächelte wehmütig, als sei ihm so viel Glück unangenehm.

»Weil das Leben Ihnen und mir und unseren Zeitgenossen, die immer noch Grund zum Klagen haben, so viel Glück geschenkt hat, haben vielleicht andere nichts davon abbekommen. Was wäre aus uns geworden, wenn wir im Sudan geboren wären, unter einer gleißenden Sonne, in einer Wüste aus Schotter und Sand? Wie lange hätte ich dort überlebt? Hätte ich das Glück gehabt, im Elend und im Leid zu überleben?«

Annabelle merkte, dass er unruhig wurde, und wollte nicht, dass er sich überanstrengte. Sie wusste nicht recht, wie sie ihn unterbrechen konnte, und bereute ihre unbedachten Worte.

»Worin hätte ich also kein Glück gehabt?«, fragte er. »Und worüber sollte ich mich beschweren? Dass ich mit zweiundsiebzig sterbe? Das wäre mehr als undankbar von mir, da ich fast mein ganzes Leben lang das Glück besaß, tun zu können, was immer ich wollte.«

Er nickte, um seine Worte zu bekräftigen, und redete weiter, fast so, als führe er, in Gedanken versunken, ein Selbstgespräch.

»Das Glück, diese gute Fee, beruht letztendlich auf nichts anderem als auf Zufall, denn täuschen wir uns nicht – ohne Zufall gäbe es kein Glück, diese beiden Dinge sind unweigerlich miteinander verknüpft.«

Georges schien richtig in Fahrt zu kommen und setzte zu einem langen Plädoyer an, wobei er nach jedem Satz erst wieder Luft holen musste.

»Im Laufe der Jahrtausende hat der Mensch immer wieder Anstoß genommen an dieser seltsamen Sache, die wir Leben nennen: Er wird grundlos geboren, lebt vor sich hin und stirbt dann einfach ... Und das ist nicht alles! Vieles von dem, was ihm im Laufe seines Lebens zustößt, ohne Logik, ohne ersichtlichen Grund, findet er ungerecht und unangebracht. Nicht zu vergessen die unerträgliche Vorstellung, dass sein Geist nach dem Tod einfach erlischt. Kurzum ... nichts von dem, was sein Leben auf diesem Planeten ausmachte, war in seinen Augen verständlich oder akzeptabel. Aus diesem Grund hat er die Religion erfunden.«

Georges verstummte nach dieser Aussage, als wolle er sie dadurch verstärken. Nachdem er ein paar Mal tief Luft geholt hatte, fuhr er mit fiebriger Stimme fort:

»Damit gab der Mensch dem Unerklärbaren ein menschliches Angesicht, durch Götter, die Licht in die wesentlichen Fragen bringen sollten: Nur so konnte er sich seine eigene Existenz erklären und die der Erde und des Wassers, des Himmels und der Sterne, der Tier- und Pflanzenwelt, der Fortpflanzung, der Zeit und des Todes, des Unbekannten und die eigene Bestimmung. Mit diesem mystischen Prisma hat der Mensch den Zufall ganz weit nach hinten in eine Schublade verbannt und die Geschichte der Welt neu geschrieben. Er maßte sich an, im Mittelpunkt der Welt zu stehen, und räumte sich zusätzlich die Unsterblichkeit ein ...«

Wieder hielt Georges inne, diesmal, um zu schlucken und mehrmals bekräftigend zu nicken, als wolle er damit seinen Speichelfluss in Gang setzen.

Annabelle nutzte diesen Moment, um schüchtern einzuwerfen: »Sie sollten sich ausruhen. Wir können später darüber reden ...«

Doch er fuhr fort, als hätte er sie nicht gehört: »Ich habe Ihnen bereits gesagt, dass ich nicht an Gott glaube.

Ich glaube ganz naiv, dass nichts jemals vorhergesehen oder vorherbestimmt ist. Ich glaube nicht an Schicksal, sondern an den Zufall. Für den Zufall zieht man nicht in den Kampf, denn es ist ein Glaube ohne Gotteshaus und ohne Verehrungskult. Es ist ein Konzept. Rein zufällig ist aus dem Nichts der Zufall entstanden, der das Universum und das Leben hervorbrachte und es dann mit Glück ausstattete, der gewagten Vorstellung von Ungleichheit, die für den menschlichen Verstand geradezu pervers ist, aber dennoch entscheidend.«

Er bewegte sich ein wenig, mit großer Mühe. Annabelle machte Anstalten, ihm zu helfen, doch er hob abwehrend eine Hand.

»Denn wissen Sie, wenn es den Zufall nicht gäbe, wäre alles im Universum gleich. Sie, Annabelle, wären identisch mit allen Frauen und ich mit allen Männern. Wenn wir alle im selben Boot säßen, gäbe es keine Differenzierung mehr, keine Vielschichtigkeit, keine Vielfalt. Folglich keine Präsidenten mehr, oder aber alle wären Präsident, kein Sportler wäre besser als die anderen, oder alle wären die Besten – ein Wort, das es dann im Sprachgebrauch nicht mehr gäbe, so wenig wie ›der Erste‹, ›Letzte‹, ›Glückspilz‹ oder ›Pechvogel‹, und selbstverständlich auch nicht das Allerbeste, was wir dem Zufall und dem Glück verdanken: kein persönliches Denken mehr, kein Selbst, kein Ich. Wir würden nicht nur alle dasselbe denken, sondern auch im selben Moment. Jede neue Generation käme am selben Tag zur Welt, in derselben Sekunde, unter denselben Umständen, und würde im selben Moment sterben, an derselben Todesursache. So würde eine Generation auf die andere folgen, bis zum letzten aller Tage, und das Leben wäre ohne Kontraste.«

Seine Augen weiteten sich, und sichtlich erleichtert schloss er mit den Worten: »Zufall und Glück sind ein Geschenk des Himmels, denn nur dadurch haben wir eine ungleiche und originelle Welt ...«

Etwas sachlicher fügte er noch hinzu: »Aber ich habe leicht reden, denn ich wurde nicht im Sudan geboren. Dort könnte ich vermutlich gar nicht mehr darüber reden, weil ich schon tot wäre – in einem Alter, in dem Sie behaupten, es sei ein Unglück, zu sterben.«

Er hustete und bekam einen Schluckauf, spuckte dann etwas Blut in eine Schale, die auf dem Tischchen neben ihm stand. Seine Augen schienen sich im Nebel seiner Gedanken zu verlieren, waren fern, sehr fern, und bevor er einschlief, murmelte er mehrmals vor sich hin:

»Die Menschen, die sich auf ihr Glück etwas einbilden, sind Millionen ...«

23

Annabelle ließ ihn sich ausruhen und suchte sich ein Hotel in der Nähe. Ihr Herz war schwer.

Am nächsten Morgen kam sie wieder. Georges lag in seinem Zimmer. Eine Krankenschwester, die gekommen war, um ihn zu versorgen, sagte, sein Zustand habe sich seit dem Vortag merklich verschlechtert. Lucien war am Boden zerstört.

Als die Krankenschwester gegangen war, verlangte Georges nach Annabelle.

»Ich möchte Ihnen ein Büchlein geben«, sagte er.

Seine Haut war noch eine Spur gelblicher, seine Lider waren gerötet, die Lippen blass.

»In dem kleinen Schrank mit der Glastür … holen Sie es … mit dem schwarzen Einband …«

Vorsichtig griff sie nach dem Büchlein, weich und dünn wie ein Heft. Vorn auf dem Umschlag stand mit schwarzer Tinte geschrieben: *Gedanken über das Leben, seinen Sinn und seine Bestimmung.*

»Setzen Sie sich«, sagte Georges und deutete mit einer müden Geste auf einen Stuhl.

Annabelle setzte sich neben sein Bett.

»Ich weiß nicht«, begann er langsam, »wie oder warum Sie eines Abends auf diesem Hof und in meinem Leben aufgetaucht sind ... Aber nun sind Sie da, wie eine Fee, aus dem Nichts gekommen ... und das allein zählt, richtig?«

Es fiel ihm sichtlich schwer, seine Gedanken zu sammeln.

»Sie sind da«, wiederholte er, »und das beweist, dass ich kein Exot bin, dass ich nicht als Einziger diese Sensibilität, diese Gabe besitze ... und dass es sehr wohl eine universelle Kommunikation zwischen unterschiedlichen Spezies gibt ... Das macht mich richtig froh, und ich bin unsagbar erleichtert. Bis zu meinem letzten Atemzug wird mich dieser Zufall glücklich machen.«

Er lächelte. Obwohl er durch seine Krankheit stark abgemagert war, fand Annabelle ihn faszinierend.

»Ich habe einige meiner Gedanken aufgeschrieben«,

sagte er mit Mühe. »Und ich vertraue sie Ihnen nun an.«

Er hätte ihr gern erzählt, welche Gefühle sie in ihm geweckt hatte, von seiner Liebe zu ihr, die ihn überwältigt hatte, von der Flamme, die sein Herz wärmte.

Aber wozu auch?

Verstohlen musterte er Annabelle, die reglos auf dem Stuhl saß, ernst und anmutig.

Die Liebe, dachte er, ist etwas, was dem Leben bestimmt auch einen Sinn gibt.

Die Andeutung eines Lächelns huschte über sein Gesicht, und er nahm Annabelles Hand in seine, bevor er langsam seine müden Augen schloss.

Sie blieb bei ihm und sah ihm beim Schlafen zu, in der Hoffnung, dass er die Augen bald wieder aufschlagen würde und sie dann weiterreden könnten. Nach ein paar Stunden kam Lucien ins Zimmer und sagte, er würde sie ablösen.

Niedergeschlagen ging Annabelle nach unten, setzte sich ins Wohnzimmer und schlug das Büchlein auf, das Georges ihr geschenkt hatte. Und obwohl sie nichts vom Inhalt der Seiten begriff, die sie mit feuchten Augen überflog, war sie gerührt, denn sie spürte, wie wertvoll sein Geschenk war. Er hatte ihr einen Schatz anvertraut.

Eine Stunde später kam Lucien die Treppe heruntergetaumelt und stammelte, Georges atme nicht mehr, er sei bei einem Schluckauf erstickt. Schneeweiß sei er geworden, und obwohl es unfassbar sei, sei er eventuell tot. Mit schleppenden Schritten verließ er das Haus.

24

Wie gelähmt blieb Annabelle in dem geräumigen, stillen Wohnzimmer sitzen. Vogelgezwitscher drang zu der offen stehenden Haustür herein, doch sie hörte es nicht. Sie starrte an die Decke, die wie ein Sarg im Stockwerk über ihr den vermutlich verstorbenen Mann verbarg, der ihr vorhin erst seine Geheimnisse anvertraut hatte. Sie weinte nicht, sie schluchzte nicht, ob er wirklich tot war, stand noch nicht fest, das musste sie zuerst überprüfen, und sie klammerte sich an die Hoffnung, ihn nur schlafend vorzufinden.

Mit zugeschnürter Kehle ging sie langsam die Stufen hinauf, durchquerte in einer Grabesstille den schmalen, dunklen Flur, wo ihr der Geruch aus Georges' Zimmer entgegenschlug, noch bevor sie über die Türschwelle getreten war. Sie hielt sich eine Hand vor den Mund und blieb kurz stehen, bevor sie vorsichtig sein Zimmer betrat.

Er lag auf dem Bett, mit fahlem Gesicht und geschlossenen Augen. Sein Kopf war zur Seite gedreht, aus seinem halb offenen Mund war Blut geflossen, das im zum Fenster hereinfallenden Tageslicht glänzte; er schien tatsächlich nicht mehr zu atmen.

Vorsichtig trat sie näher, sagte seinen Namen, doch er antwortete nicht. Sie machte zwei weitere Schritte, berührte mit den Fingerspitzen seine Hand, drückte sie leicht, doch er reagierte nicht. Ihr Herz schlug schneller, als sie an Georges' Kopf trat und ihm eine Hand vor den Mund hielt, um Atemzüge zu spüren. Aber nein, da war keine Energie mehr, die seine Lungenflügel bewegt hätte.

Er lebte nicht mehr, dessen war sie sich ganz sicher, und seine sterbliche Hülle war nur noch eine leblose Erinnerung an den Menschen, der er einst gewesen war: ein Leben, eine Persönlichkeit, eine ganze Gedankenwelt. Ihr wurde so übel, dass sie den Kopf abwenden musste. Sie wollte ihn lieber so im Gedächtnis behalten, wie sie ihn kannte: als einen charismatischen, starken und gut aussehenden Mann mit einer erstaunlichen Sensibilität. Mit kraftlosen Schritten verließ sie den Raum.

25

Wenige Tage später fand die Beerdigung statt. Georges hatte sich rechtzeitig die Genehmigung eingeholt, wie schon sein Onkel auf eigenem Grund und Boden bestattet zu werden.

Ein milchiger Himmel hing tief über der Landschaft, als Annabelle wie ein Schatten dem Leichenwagen folgte, der den Sarg langsam an einen ihr unbekannten Ort brachte. Sie ging am Ende des Trauermarsches, einige Meter hinter den anderen – sechs Männer, etwa in Georges' Alter, vier Bauern von benachbarten Höfen, der Buchhändler, mit dem er befreundet gewesen war, sowie natürlich Lucien. Schweigend schritt die kleine Schar in Zweierreihen vor ihr her, begleitet von Vogelgezwitscher.

Der Leichenwagen holperte mühsam über die unebenen und hügeligen Wege, die zu Georges' Land gehörten, und hielt schließlich an einer trockenen und fast kahlen Stelle an, die sich deutlich von den umliegenden Wiesen abhob. Hier war am Wegesrand bereits ein Grab ausgehoben worden.

Nachdem der Sarg – ein sehr schlichtes Modell aus alten, leicht verbogenen Brettern – von den Angestellten des Beerdigungsinstituts in die Erde gesenkt worden war, wurde die Grube mit Erde, Steinen und Sand zugeschüttet. Dann wurde über seinem Grab als Gedenkstein ein junger Apfelbaum gepflanzt.

Zurück auf dem Hof bemerkte Annabelle immer wieder die fragenden Blicke der Männer. Bestimmt wunderten sie sich, was eine elegante Städterin wie sie hier machte. Das schlichte Schwarz, das sie trug, unterstrich ihren blassen Teint, ihre großen grünen Augen und ihre kastanienbraunen Haare. Der eine oder andere stellte ihr ein paar schüchterne Fragen, um in Erfahrung zu bringen, was sie mit dem großen Georges Lesage verband, ihrem zurückgezogen lebenden Nachbarn, der so gebildet gewesen war … und möglicherweise auch ein Frauenheld, wie sie nun sahen.

Annabelle aber hatte keine Lust, in irgendwelche Gespräche verwickelt zu werden. Es war ihr egal, ob sie damit dem zwangsläufig entstehenden Mythos einer Beziehung zwischen Georges und der wesentlich jüngeren, schönen Frau Nahrung verschaffte.

Der Buchhändler lud sie ein, am nächsten Tag einer ganz speziellen Zeremonie beizuwohnen.

Am nächsten Morgen kehrte Annabelle zusammen mit den sechs Männern zur Grabstätte zurück. Sie gruben den Sarg wieder aus, holten den Toten heraus, entkleideten ihn und legten ihn nackt in die Erde zurück. Dann schütteten sie das Grab wieder zu und pflanzten erneut den jungen Apfelbaum ein.

Das war Georges' ausdrücklicher, obschon illegaler Wunsch gewesen, wie er seinem Freund, dem Buchhändler, beizeiten anvertraut hatte:

»Begrabt mich nackt, ohne Sarg und ohne Kleidung, damit mein Körper schneller der Fruchtbarmachung der Erde dienen kann ... Und auf diesem Planeten, der in einem unendlichen Universum seine Kreise dreht, möchte ich zu einem Teil von ihm werden, ich werde in die Unendlichkeit reisen, ins Unbekannte, der Bestimmung des Universums entgegen.«

III

26

Nach dieser zweiten Bestattung lud der niedergeschlagene Buchhändler Annabelle in seinen Laden ein.

Als sie ein paar Stunden später dort eintraf, erwartete er sie bereits, während er eine Lobrede auf seinen verstorbenen Freund las. Er bat Annabelle, sich ihm gegenüberzusetzen, und musterte sie einen Augenblick lang schweigend, bevor er sagte:

»Nächste Woche gebe ich mein Geschäft definitiv auf. Ich hatte ohnehin nur für Georges so lange geöffnet.«

Vor ihm lag ein kleiner Bücherstapel, den er nun Annabelle reichte. Mit bebender Stimme sagte er: »Das ist Georges' letzte Bestellung, die er leider nicht mehr abholen konnte: ein brandneues Botanikbuch, ein wissenschaftliches Werk und zwei Romane … Sie gehören Ihnen.«

Überrascht bedankte sie sich.

»Er hat mir von Ihrer Sensibilität erzählt«, fügte er noch hinzu. »Und er hatte gehofft, dass Sie sie nicht wieder einschlafen lassen, sondern sie im Gegenteil weiter ausloten.«

Sie war zu verlegen, um etwas dazu zu sagen.

Dann lud er sie noch zu einem Zichorienkaffee ein, und nachdem sie eine Stunde lang fast nicht mehr geredet, sondern nur schweigend ihren Kummer geteilt hatten, verabschiedete sie sich von ihm.

Traurigen Herzens fuhr Annabelle nach Paris zurück.

Die Trauer über Georges' Tod war nichts, was sie mit anderen teilen konnte. Die Geschichte hätte in den Ohren ihrer Freunde zu abstrus geklungen, als dass sie ihr geglaubt hätten. Sie musste seinen Verlust allein verkraften, konnte mit niemandem darüber reden und musste zusehen, dass sie allein mit ihrem Schmerz fertigwurde. Nur wenn die kleine Léna bei ihr war, war Annabelle etwas abgelenkt, und das war die beste Medizin für sie.

Sie verbrachte mehrere Tage mit ihrer Tochter, bevor sie wieder zu arbeiten versuchte. Das Büchlein,

Georges' kostbares Geschenk, begleitete sie überallhin, lag auf ihrem Nachttisch und auf ihrem Schreibtisch. Doch sie hatte es bisher nicht mehr aufgeschlagen. So kurz nach Georges' Tod wagte sie es noch nicht zu lesen.

Den ganzen Mai über ging Annabelle nicht auf ihre Terrasse und mied ihre neuen Pflanzen. Sie wollte sich ihrer Trauer ohne jedwede Einmischung hingeben.

Anfang Juni fuhr Annabelle erneut in Richtung Langres und hielt an dem Bauernhof an. Hier, an dem Ort, wo er gelebt hatte, war sie endlich bereit, Georges' Büchlein gründlich zu lesen.

Sein Hof sah noch aus wie früher, abgesehen davon, dass die umliegenden Felder brachlagen und alles etwas verwahrlost aussah. Das Haus war abgeschlossen, der Stall war leer. Ein Schild mit der Aufschrift *ZU VERKAUFEN* hing an einem Baum neben dem Weg.

Annabelle setzte sich auf dem Hof auf einen alten, feuchten Baumstamm und schlug das Büchlein auf.

In der ergreifenden Einführung erzählte Georges vom Tod seiner Eltern, die er nie gekannt hatte, und schilderte wortreich seine innige Beziehung zur Natur. Er berichtete, welche Entscheidungen er im Laufe seines Lebens getroffen hatte, welche Fragen ihn beschäftigt hatten und wie sehr ihn die geheimnisvolle Begegnung mit Annabelle fasziniert hatte. Auf den gut zwanzig Seiten hatte Georges Lesage auch zahlreiche praktische Ratschläge aufgeschrieben, »für sensible Menschen, die innerlich bereit sind, mit der Natur zu kommunizieren«. Dann erzählte er von seinem Hof, seinen Wiesen und Feldern, die ihm so viel geschenkt hatten. Zum Schluss schilderte er seine Erkenntnisse über den Sinn des Lebens und die menschliche Existenz, über Zufall und Schicksal, das Universum und die Ewigkeit.

Annabelle schlug das Büchlein zu und marschierte los, in der Hoffnung, Blumen zu finden, mit denen sie sprechen konnte: tief einatmen, die Natur spüren, betrachten, in sie eintauchen ... Und es war, als hätte sie ein Radio eingeschaltet, denn aus allen Richtungen drangen Blumenstimmen an ihr Ohr, hier auf dem Land war die Luft voll davon.

In diesem Moment erwachte in ihr eine große Sehnsucht: Sie wollte Georges' Hof kaufen und hier wohnen.

Sie ging zu dem Zu-verkaufen-Schild zurück, wählte die genannte Telefonnummer und war nicht sonderlich überrascht, als Lucien sich auf der anderen Seite der Leitung meldete.

Sie verabredeten sich gleich für den nächsten Tag, und Annabelle machte sich gegen Mittag auf den Weg zu ihm. Als sie ihm sagte, dass sie den Hof gern kaufen würde, überreichte er ihr wortlos ein Schreiben von Georges. Der Umschlag war versiegelt, im Inneren entdeckte sie ein zartes Blatt Papier, das aus Seide zu bestehen schien. Darauf stand:

Ich habe Sie erwartet, meine liebe Annabelle,
genau wie die Natur.
Georges

Als sie wieder aufblickte, waren ihre Augen feucht vor Rührung, und sie reichte das Blatt an Lucien weiter. Auch ihm standen Tränen in den Augen, nachdem er die Nachricht gelesen hatte, und er murmelte: »Georges hatte mir gesagt, dass Sie eines Tages zurückkommen …«

Die Formalitäten waren schnell erledigt, und Lucien fragte, ob er sie auch weiterhin jede Woche mit Lebensmitteln beliefern dürfe, wenn sie hier wohnen würde. Nur zu gern sagte sie ihm zu.

So kam es, dass Georges' Hof in Annabelles Besitz überging, mit allem, was dazugehörte: dem Wohnhaus, den Möbeln, den Wäschestücken, den Büchern, den inzwischen ranzig gewordenen Nahrungsmitteln, den brachliegenden Wiesen und Feldern und der Erinnerung an Georges auf seinem Totenbett.

27

Annabelle änderte ihr Leben radikal. Sie wohnte abwechselnd eine Woche in Paris, um sich um Léna zu kümmern, die andere auf dem Bauernhof.

Zum ersten Mal in ihrem Leben konnte sie dem nachgehen, was sie wirklich liebte: ihrer Leidenschaft für die Natur. Sie verkaufte ihr florierendes Unternehmen und löste sich von allen beruflichen Verpflichtungen.

Es dauerte eine Weile, bis sie Georges' Metier erlernt hatte. Mit Luciens Unterstützung wandte sie sich an die benachbarten Bauern, die ihr ihre Hilfe zusagten und ihr alles beibrachten, was sie wissen musste. Sie wussten die Landwirtschaft, wie Georges sie betrieben hatte, zu schätzen. Georges hatte das Land wie einst ihre Großeltern bestellt – also ohne den Einsatz von Chemie und durch achtsamen Umgang mit der Erde und mit Methoden, bei denen das Korn noch auf natürliche Weise wachsen durfte. Sie selbst betrieben Landwirtschaft auf industrielle Weise, was sie insgeheim bedauerten. Ihre Maschinen seien so teuer, sagten sie, dass der Mehrertrag nicht einmal ausreichte, um sie finanzieren zu können; und um ein Auskommen zu haben, müssten sie ihr Land mit immer mehr schädlichem Kunstdünger überschütten, der den Boden auslaugte und die Tierwelt tötete.

Annabelle nutzte jede freie Minute ihres Landlebens, um ihren Austausch mit der Natur zu intensivieren. Anfangs kommunizierte sie nur mit Blumen: mit Osterglocken, Ringelblumen, Gänseblümchen, Butterblumen, Kornblumen, Dahlien, Begonien, Herbstzeitlosen und vielen anderen, Hunderten von Arten; nicht zu vergessen die Mohnblumen, denen sie häufig einen Besuch abstattete. Und von Monat zu Monat nahmen ihre Sensibilität und ihre Kommunikationsfähigkeit zu, nicht zuletzt dank Georges' Büchlein. Es dauerte nicht lange, bis sie auch die Bäume verstehen konnte – mittels des Dufts ihrer Blätter, ihrer Äste und indem sie den Stamm berührte.

Annabelles Ohren wurden aufnahmefähiger für die gesamte Pflanzenwelt: Sie war in der Lage, mit jeder Pflanze, die sie gerade sehen und riechen konnte, Kontakt aufzunehmen. Ähnlich wie ein Baby, das merkt, dass es sich auf seinen eigenen Beinchen fortbewegen kann, stellte sie voller Begeisterung fest, was für ein neues Potenzial sich ihr nun bot.

Da die Natur und ihre privilegierte Beziehung zu ihr Annabelle immer mehr in den Bann zogen, verbrachte sie einen Großteil ihrer Zeit im Freien, mal um zu arbeiten, mal um Neues zu entdecken. Und abends war sie so erschöpft, dass sie nur noch in ihren Sessel sank und kaum noch die Kraft hatte, eine Scheibe Brot zu essen und sich ins Bett zu schleppen … Doch sie war rundum glücklich.

Die Bauern, mit denen sie sich längst angefreundet hatte, fragten sich, warum sie so oft über die Wiesen spazierte, hin und wieder stehen blieb, weiterging, sich sogar hinlegte oder sich bückte und die Lippen bewegte, als würde sie Selbstgespräche führen. Und wenn sie ihnen lächelnd und mit einem Augenzwinkern erklärte, dass sie sich mit der Natur unterhalte, verdrehten sie die Augen.

Annabelle war eine richtige naturverbundene Bäuerin geworden, sie pflügte ihre Felder mit Ochsen – eine harte Arbeit für eine zierliche Person wie sie. Doch in dieser Betätigung fand sie Erfüllung.

Ihre Eltern dagegen waren entsetzt über ihren neuen Lebensstil. Ihr Vater sprach sogar von einer »Schande«. Zur menschlichen Spezies zu gehören, war für ihn ein Privileg, das man nutzen musste, indem man an der weiteren Eroberung der Welt arbeitete, für ständiges wirtschaftliches Wachstum kämpfte und das mit immer noch moderneren Methoden.

Und ihre Mutter? Nun, wenn sie nach ihrer Tochter gefragt wurde, schwindelte sie unverfroren und erzählte, dass sie in Paris ein beneidenswertes, mondänes Leben führe, beruflich erfolgreich sei und politisch einflussreiche Leute kenne.

Sie meinen es nicht böse, sagte sich Annabelle, um sich zu trösten. *Sie haben es nur nicht geschafft, sich von ihren früheren Vorstellungen zu lösen.*

28

Léna war mittlerweile zu einer charmanten Achtzehnjährigen herangewachsen.

Annabelle beschloss, dass es an der Zeit war, an ihre Tochter weiterzugeben, was sie selbst von Georges gelernt hatte. Bei einem von Lénas Besuchen schlug Annabelle vor, zusammen Familienfotos anzuschauen.

»Wo sind die Alben, Maman?«

»In meinem Schlafzimmer, im Schrank.«

Léna kam mit einem Stapel alter Erinnerungen zurück.

Sie legte die Fotoalben auf den Couchtisch und setzte sich zu ihrer Mutter auf das Sofa.

Gespannt blätterten sie gemeinsam das Album mit Lénas Kinderbildern durch.

»Komisch, es gibt nur ein einziges Album von meinen ersten zehn Lebensjahren, aber fünf Alben für die acht folgenden Jahre.«

»Na ja, seit ich hier auf dem Land wohne, habe ich keinen Stress mehr.«

»Vielleicht auch, seitdem du die Bank verkauft hast?«

»Das stimmt. Danach hatte ich endlich Zeit zum Fotografieren.«

Léna legte das erste Album beiseite und nahm sich das nächste vor.

Sie schlug die erste Seite auf; ein Foto zeigte das Innere des Bauernhauses zu dem Zeitpunkt, als Annabelle es gekauft hatte. Léna studierte es aufmerksam.

»Ah, das ist ja hier!«, sagte sie staunend. »Sag mal, es sieht ja total altmodisch aus! Und überall Bücher, Bücher, Bücher ...«

»Oh, die sind immer noch da. Ich habe sie nur in Bücherregale gestellt.«

»Und ich dachte, du hättest sie alle gekauft!«

»Nein, sie stammen alle vom Vorbesitzer des Hofs.«

»Wow, der musste ja ganz schön gebildet sein.«

»Das war er, auf seine Weise. Anfangs fand ich ihn ziemlich schräg: Ich meine, dass er mit Ochsen pflügte und mit Blumen redete ...«

Annabelle erzählte ihrer Tochter von Georges: wie er aussah, wie er lebte, was seine Lebensphilosophie war, wie freundlich er gewesen war, wie gebildet und wie charismatisch. Sie erzählte ihr auch von seinem Cousin Lucien, von Georges' und ihrem ersten gemeinsamen Frühstück, seinem Zichorienkaffee …

Am späten Nachmittag schlug sie Léna vor, ihre Unterhaltung bei einem Picknick an ihrem gemeinsamen Lieblingsort fortzusetzen: oben auf dem Hügel, von dem aus man einen wunderbaren Blick auf das Mohnblumenfeld hatte.

Sie nahmen eine Wolldecke und zwei Plaids mit, füllten einen Korb mit Köstlichkeiten, und Annabelle schmuggelte auch Georges' Büchlein mit hinein. Dann gingen sie in den Stall, um den alten Prospère zu holen, der sie begleiten durfte.

29

Es roch herrlich nach Frühling, als die Sonne unterging. Unterwegs kam Annabelle wieder auf Georges zu sprechen: »Georges ist relativ schnell gestorben, innerhalb weniger Tage, und das hat mich sehr traurig gemacht. Ich mochte diesen Mann nicht nur, ich habe ihn auch bewundert. Er ruhte in sich, tat immer nur, was er liebte, und nichts anderes. Das war so schön zu sehen, dass es einem fast irreal vorkam. Ich hatte noch nie jemanden getroffen, der so gelassen und im Einklang mit sich selbst war – ein Zustand, den ich für mich selbst nie zu erhoffen gewagt hatte.«

»Ich finde aber schon, dass du ebenfalls mit dir im Einklang bist.«

»Ja, aber es hat einige Jahre gedauert, bis ich so weit

war, und das habe ich ihm zu verdanken.«

»Als du die Bank noch hattest, warst du doch auch glücklich, oder? Okay, du hast wie eine Verrückte gearbeitet, aber du warst auch total erfolgreich.«

»Nach außen hin schon. Aber eigentlich hatte ich nie eine Karrierefrau werden wollen. Das hatten sich deine Großeltern für mich erträumt. Sie haben mich geliebt, aber mit ihrem übertriebenen Ehrgeiz haben sie mich zu einem Lebensstil gedrängt, der so gar nicht dem entsprach, was ich liebte.«

»Das habe ich nicht gewusst, Maman! Ich dachte, dass du schon immer das gemacht hast, was dir gefällt.«

»Oh nein, ich fühlte mich verpflichtet, erfolgreich zu sein, um ihren Erwartungen zu entsprechen, um ihnen zu beweisen, dass ich es schaffen konnte. Und deshalb habe ich mich, als ich anfing zu arbeiten, Hals über Kopf in das ›große Karrierespiel‹ gestürzt.«

»Was heißt das genau?«

»Das lässt sich ganz einfach zusammenfassen: immer noch mehr und mehr. Mehr Arbeit, mehr Verantwortung, mehr Anerkennung, mehr Geld, mehr Ruhm. Ich sah nichts anderes mehr am Horizont als die nächste Stufe. Ich war wie ein Bär, der von einem Honigtopf angezogen wird, oder vielleicht wie ein Aasgeier, der über einem toten Tier kreist. Ich war besessen vom Erfolg. Und nachdem ich mein eigenes Unternehmen gegründet hatte, dachte ich nur daran, wie es noch größer und erfolgreicher werden konnte, fast so, als sei unser Planet ein riesiges Monopoly-Spiel, eine Welt, die ich um jeden Preis erobern musste, um diesen Hunger nach Erfolg zu stillen.«

»Sag bloß!«

»Aber glaub mir, letztendlich bin ich nur dem allgemeinen Trend gefolgt und habe getan, was alle tun. Überall sieht man, dass die Erde nur der Spielball der Menschen ist, die sie beherbergt und ernährt. Ganz früher musste der Mensch jeden Tag von Neuem um sein Überleben kämpfen, doch vor ungefähr zwei Jahrhunderten, mit der Ära der Industrialisierung, wurde das große Konkurrenzdenken immer stärker, sowohl bei Eltern als auch ganzen Nationen; bei Ersteren, weil sie stolz sein wollen, dass ihre Kinder es einmal besser haben als sie, bei Letzteren, weil sie es als patriotische Herausforderung ansehen. Unser Planet ist eine Mutter geworden, deren Kinder sich nicht mehr mit der Milch begnügen, die aus ihrer Brust kommt – nein, sie verschlingen die Mutter mit Haut und Haar. Und wegen ihres unstillbaren Appetits erleben die Kinder nun, dass ihre Mutter unter ihren gierigen Zähnen immer schwächer wird, so sehr, dass sie ihnen in Bälde vermutlich nichts mehr zu geben hat.«

Léna versetzte es einen kleinen Stich, als sie sich die Erde mit einer schwarzen Staubschicht überzogen vorstellte, verdorrt und unfruchtbar.

»Das ist keine schöne Welt, die du da beschreibst, Maman.«

»Die Erde ist krank geworden von dieser Kultur, die dem Prinzip ›Immer noch mehr und mehr‹ folgt …«

Sie seufzte.

»Und ich gehörte zu den Menschen, die dieses System unterstützt haben … Das kann ich mir nicht vorwerfen, denn meine ganze Erziehung und mein Studium zielten darauf ab. Und trotzdem nehme ich es mir übel, weißt du, dass mir diese Gier nach mehr anfangs auch Spaß gemacht hat …«

»Spaß? Maman, sollte man nicht immer nach etwas streben, das einem Spaß macht?«

»Doch, sicher. Aber als ich zu der Überzeugung kam, dass ich meinen Eltern nichts mehr schuldig war, habe ich mir endlich meine Freiheit und eines der wertvollsten Dinge zurückgenommen, die ich habe, nämlich mich selbst. Ich hatte begriffen, dass man, beziehungsweise ich, ein erfüllendes Leben an der persönlichen Freiheit und Gelassenheit messen kann. Hier auf dem

Land brauche ich mich mit niemandem zu messen, es gibt kein Konkurrenzdenken, das meinen Geist stören und einengen würde. In meiner friedlichen, schönen, kleinen Welt tue ich, was ich liebe. Ich baue den Großteil meiner Nahrung selbst an und kümmere mich um dich, meine Freunde, die Ochsen und die Natur. Und genau das ist mein größtes Vergnügen geworden, der innere Frieden und die Ruhe.«

30

Sie kamen oben auf dem Hügel an und bestaunten das Panorama. Der Moment, auf den Annabelle gewartet hatte, war gekommen.

»Jetzt, wo du volljährig bist und – offiziell – selbst über dein Leben bestimmen kannst«, sagte sie tief bewegt, »möchte ich dir ein Geschenk machen.«

Léna sah sie gespannt an.

Sie breiteten ihre Decke im Gras aus und machten es sich darauf gemütlich.

»Ich habe dir ja schon erzählt, dass Georges mit Blumen gesprochen hat … Nun ja, das ist nur ein Teil der Geschichte: Tatsächlich hat er auch gehört, was sie ihm geantwortet haben.«

»Hä? Im Ernst?«

»Ja, und ich muss dir noch etwas verraten: Er hat mir sein Wissen weitergegeben. Es ist schwer zu glauben, ich weiß, aber ihm habe ich es zu verdanken, dass ich ebenfalls mit Blumen sprechen kann. Man kann sich richtiggehend mit ihnen unterhalten, ganz ähnlich wie wir beide es im Moment tun … Und diese Fähigkeit erstreckt sich auf die gesamte Pflanzenwelt.«

Annabelle erzählte ihrer Tochter, dass auch sie diese außergewöhnliche Gabe besaß und wie sie es geschafft hatte, diese zu akzeptieren und weiterzuentwickeln.

Dann holte sie etwas aus dem Picknickkorb, das in Geschenkpapier eingewickelt und mit einer Schleife verziert war.

Léna packte es aus und hielt Georges' kleines Büchlein in den Händen: *Gedanken über das Leben, seinen Sinn und seine Bestimmung.*

Sichtlich gerührt dankte sie ihrer Mutter mit einer zärtlichen Umarmung.

»Lies es, wenn du allein bist, ganz in Ruhe und entspannt.«

»Oh ja, gern, Maman.«

Léna ließ sich die Offenbarungen ihrer Mutter während des anschließenden Picknicks durch den Kopf gehen und hatte einige Zweifel.

»Du, sag mal, Maman …«

»Ja?«

»Ich finde es ganz schön schwer, mir vorzustellen, dass man mit Blumen und Bäumen kommunizieren kann.«

Annabelle schmunzelte. »Das verstehe ich, mein Schatz. Ich habe auch eine ganze Weile gebraucht, bis ich diese Möglichkeit akzeptiert habe, und ich habe lange nach Beweisen gesucht.«

»Und?«

»Leider gibt es keine Beweise. Du kannst dich nur auf dich selbst verlassen und deiner Wahrnehmung trauen. Deine Persönlichkeit kann dir dabei helfen, es dir vorzustellen.«

»Meine Persönlichkeit?«

»Ja. Du bist ein kleiner Rebell. Versteh es bitte nicht falsch. Ich will damit sagen, dass du deinen eigenen Kopf hast: Du neigst dazu, die allgemein bekannten Fakten zu hinterfragen, dich gegen alles aufzulehnen, was allzu sehr als gesichert gilt und allzu autoritär ist. Oder täusche ich mich?«

»Oh nein! Ich hasse es, wenn man mir irgendwelche Sichtweisen und Standpunkte aufdrängen will. Es gibt mir das Gefühl, nicht selbstständig denken zu dürfen. Es ist, als wolle man meinen Verstand blockieren und mich einsperren.«

»Richtig! Du brauchst das Gefühl, die Welt auf deine Art betrachten und nach deinen Überzeugungen handeln zu dürfen und deinem Einfallsreichtum und deiner Intuition zu vertrauen.«

»Ganz genau!«

»Bewahre dir diese Freiheit, die Person zu sein, die du bist, und das zu denken und zu tun, was du für richtig hältst.«

31

Léna verschlang das Büchlein in der darauffolgenden Nacht.

Sie blieb noch ein paar Tage auf dem Hof und legte Georges' Büchlein nicht aus der Hand. Sie las es mehrmals hintereinander und führte mit ihrer Mutter unvergessliche Gespräche darüber.

Eines Morgens wollte Léna ihr Glück versuchen und spazierte frohen Mutes und gelassen in das große Tal.

Es hatte geregnet, doch nun zeigte sich die Sonne erneut, und die Luft war erfrischend klar. Es roch nach nassem Gras – ein herrlicher, angenehmer, beruhigender Duft.

Die Mohnblumen wiegten ihre Köpfe in der sanften Brise.

Als Léna sich ihnen näherte, entdeckte sie den Trampelpfad, der mitten ins Mohnblumenfeld hineinführte. Neugierig folgte sie ihm.

Dieses Eintauchen ins Herz des Blumenmeers war fast wie das Eintauchen in eine Badewanne, wenn das Wasser den Körper umschließt, ihn umschmeichelt und die Sinne verzaubert …

Dank

Im Jahr 2012 gab Sandrine mir ihre Visitenkarte und sagte, ich solle ihr diesen Roman schicken, sobald er fertig ist. Achtzehn Monate später las sie das Manuskript, und zu diesem Zeitpunkt waren wir bereits verlobt und standen kurz vor der Hochzeit.

2014 begann das verlegerische Abenteuer. Eine ihrer Bekannten half mir, den Roman auf eigene Faust herauszugeben. Er fand zahlreiche Leser, und ich erhielt sehr viele Rückmeldungen.

Ende 2016 bot mir einer ihrer Freunde, Emmanuel Roche, die Möglichkeit, das Buch großen Verlagen vorzulegen. Ich danke ihm für seinen wohlwollenden Beistand und sein Vertrauen.

Während dieser ganzen Phase hat mich meine wunderbare Frau mit Liebe, Leidenschaft und Aufmerksamkeit begleitet. Ich danke ihr von ganzem Herzen für ihre Hilfe und ihre Liebe – auch die Liebe, die sie in mir geweckt hat.

Ich danke allen, die das Buch durch ihre Lektüre, ihre Arbeit, ihre Erfahrung und ihre Anregungen bereichert haben: Annie Pocholle, Jacques-Line Vandroux, Sabine Lauret, Franck Presti, Élisabeth Sutton und Céline Derouet.

Und natürlich danke ich auch meinen Kindern, meinen Freunden, meinen Angehörigen: Pauline, Albane, Andréa und Eléa; meiner Mutter, Olivier und Nathalie; Louis und Janine, François U., Muriel A.; Alex und Caro M., Anne V.C., Erik O., Frédéric C., Nathalie C., Olivier U., Pascale D., Pascal W., Yannick S. und Walter A.

Ihr habt mir durch eure konstruktiven Kommentare und eure Unterstützung enorm geholfen.

Zu guter Letzt möchte ich mich auch noch bei Dorothée Cunéo bedanken, Lektorin bei Robert Laffont, für ihr Vertrauen, ihre Unterstützung, ihre meisterhafte Beherrschung der französischen Sprache und ihre Tatkraft.